作家榜®经典名著

★ ★ ★ ★ ★ ★ ★ ★ ★

读 经 典 名 著 ， 认 准 作 家 榜

こころ

[日] 夏目漱石 著

金海曙 译

浙江文艺出版社
Zhejiang Literature & Art Publishing House

本书根据

1914年日本岩波书店《こころ》首版译出

所谓人生，无非是自己无法预料自己的未来。

我们生活在一个自由、独立和自我充实的时代，
感受这种孤独也许就是必要的代价吧。

如果我的生命是真的，那我刚才说的话也是真的。

我的身后总是拖着一条阴影。我只是为了妻子，才拖曳着自己的命在这世界上行走。你毕业了回家乡时，情况也是如此。和你相约在九月相见，并非胡扯，是真的想见你。秋天过去，冬天会来，即便等到这冬天过去，也一定要与你相见。

就像路上的旅人，心里明白世上某处还有一个
自己能够回得去的家园，对此充满了眷恋。

曾在他人面前受辱的回忆，将会使你把脚踏在
他的头上。我就是为了不受将来的屈辱，所以
拒绝了现在的尊崇；为了不忍受将来巨大的孤
寂，所以忍受了此刻的寂寞。

与其用冷静的理智来分析一桩新鲜事物，
远不如用灼热的舌头和平凡的语言来讲述
它更为生动。

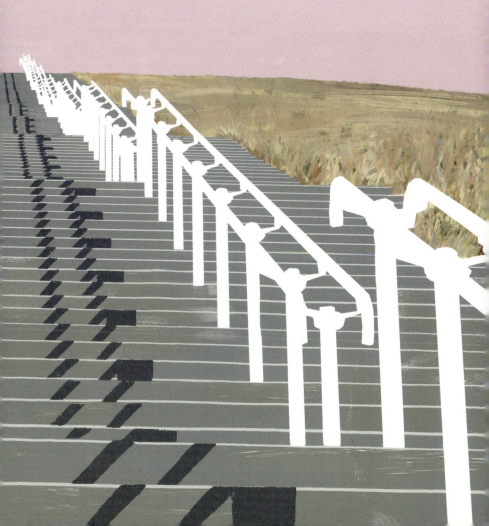

你曾问过我的过往，我没有勇气回答你。如今在你面前，我相信我已获得了说清往事的自由。

目 录

先生和我

先生と私

一

　　我总是叫他先生。所以这里我也只称他为先生，真实姓名不予公开。与其说这是怕惹人物议，不如说这样对我更为自然。每当我想起他，"先生"二字就几欲脱口而出，拿起笔时心情也同样如此。我特别不愿用冷漠疏离的首字母缩写来指代他。

　　我和先生相识于镰仓，当时我还是个年轻学生。暑假去洗海水浴的朋友发来了一张明信片，要我也一定过去玩，我就筹了点钱出门。我筹钱花了两三天，可到镰仓还没三天，叫我过去的朋友却突然接到家里电报，命他速归。电报说他母亲病了，朋友却并不相信。家乡的父母一直逼着他结婚，而他觉得在如今这个社会，这岁数结婚未免太年轻了，更重要的是他没看上那姑娘。他暑假本该回家，却故意逃避来东京周边游玩。朋友给我看电报，商量怎么办，我也不知该怎么办。他母亲要真是病了，那他肯定是应该回去。他终于还是回去了，好不容易来到这儿的我，却被孤零零地留了下来。

离开学还有些日子，我的情况是或留或回皆可，我决定暂时还是先留在这儿的民宿里。我那位朋友是中国[1]地区有钱人家的儿子，经济上很宽裕。可他毕竟还在上学，又还年轻，生活消费和我也相差无几。我虽是一人留下，却也没必要再费功夫去另找合适的住处。

我住的地方就算在镰仓也是够偏僻的。要享受台球、冰激凌之类的时髦货，必须翻过一条长长的田埂，坐车过去要收两角钱。不过这一带也建了些私人别墅，别墅离海非常近，占据了洗海水浴的极为有利的位置。

我每天去海边，穿过烟熏火燎、屋顶铺着稻草的老房子下到海滩。没想到这儿竟住着这么多城里人，来避暑的男男女女在沙滩上活动，有时就像大海上的澡堂，人头凌乱地堆在一起。被围裹在这片喧闹的景色里，我一个人都不认识。我就这样躺在沙滩上看着，或者在海水里跳来跳去，让海浪拍打膝头，我觉得很愉快。

正是在这喧嚣嘈杂之处我邂逅了先生。那时海边有两家茶铺，很偶然我习惯于去其中一家。和在长谷那边造起大别墅的人不同，来这儿避暑的游客并没有各自专用的更衣室，

---

1. 中国：此处指日本一地名。

必须利用这种公共场所换衣服。他们在这儿喝茶、歇息，还在这儿清洗泳衣，冲洗他们带盐分的身体，也有把帽子和伞寄存在这儿的。我虽然没有泳衣，也担心随身之物被人偷走，每次下海前都脱光，把所有东西撂在这家茶铺里。

二

我在茶铺见到先生时，他正脱了衣服准备下海，相反我从海里上来，海风吹着湿漉漉的身子。两人之间人头攒动遮挡住了视线，如果没什么特殊情况，也许我就和先生错过了。虽然海边很混乱，我又有点漫不经心，但我仍然一眼就注意到了先生，因为他当时正陪着一个外国人。

刚要走进茶铺时，那外国人白得过分的肤色就立刻吸引住了我的目光。他穿着传统日本浴衣，脱下后随手搁在长凳上，环抱胳膊面向大海站着。这外国人只穿着一条跟我们一样的猴兜[1]裤衩，其余一丝不挂，这让我觉得不可思议。两天前我去了由井滨，海滩上到处是外国人。我蹲在略略隆起的沙丘上，旁

---

1. 猴兜：日语写作"猿股"，一种日式短内裤。

边就是旅馆后门，在那儿我看了很久。很多外国男人洗完海水浴上来，并没一个露出腰身、胳膊和大腿的，外国女人更是把肉体都遮盖住。他们大多戴着橡胶头套，海面上漂浮着一片虾红、绛褐和青蓝色。我刚见识过那番景象，再看这个只穿着一条猴兜就站在众人面前的老外，就觉得很新鲜。

他回头看自己身边的日本人，说了一两句什么。这日本人当时正弯腰捡拾落在沙上的毛巾，那一刻正是将捡未捡之际。他捡起毛巾后马上包住了头向大海走去，这人就是先生了。

纯粹出于好奇，我目送着两人的背影肩并肩走向海滩。他们直接走进了大海，穿过远处浅滩上呜哩呜哩喧哗的人群，到了比较开阔的地方，两人一起纵身向前游去。向着远处海岬，两人的头越来越小，然后又掉头折回，笔直向岸边游来。两人回到茶铺，也不用井水冲洗，马上擦干身体穿上衣服，快速向什么地方去了。

他们走后我还坐在长凳上抽烟。我有点走神，心里想着先生的事，总觉得在哪见过这张脸。可怎么也想不起是在什么时候、什么地方见过这人了。

那段日子里我与其说无忧无虑，不如说苦于无聊久矣。第二天，我算好能和先生相遇的时间，特意去了茶铺。这次那个外国人没来，先生一个人戴着草帽来了。他摘下眼镜放在柜台上，用毛巾包好头，匆匆忙忙向海边走。像昨天一样，他穿过喧哗的游客，独自向远方游去。我立即起身一头扎进水里，抄近道向先生追了上去，浪花在额头飞溅，直到海水相当深的地方。先生跟昨天不同，他拉了条弧线，从我意想不到的方向返回岸边。目标落空了，我甩着手上的水上了岸。刚一跨进茶铺，先生已然穿戴齐整，同我擦肩而过，出门走了。

三

第三天同一时间，我在海边看见了先生；第四天，同样的情况又发生了一遍。但我一直都没找到跟他搭讪的机会，两人间连打个招呼之类的事也没发生。先生的性格显然是非社交性的，在规定时间超然而来，又在规定时间超然离去。无论周围怎样热闹，他似乎都从未稍加留意。最初和他一起来的那个外国人之后再没见过，先生总是一个人独来独往。

有一次先生和往常一样从海里快速上来，拿起了放在老地方的浴衣正要穿上。不知怎么回事浴衣上沾了不少沙子，他拿着浴衣向后抖了两三下。这一来放在浴衣下的眼镜就从板缝间掉了下去。先生系好白底碎花浴衣上的宽幅腰带后，才发现他眼镜掉了，急忙上下摸索着寻找起来。我把头钻进长凳下，伸手捡起了眼镜。先生说了声谢谢，就从我手里接了过去。

次日我跟着先生跃入海中，向先生同样的方向向前游去。游出二百米左右，先生回头跟我说话了。漂浮在广阔、苍茫的海面上，附近除了我俩外并无他人。目光所及，明媚的阳光照耀着山山水水，我的肌肉里涌动着自由和欢喜，我情不自禁在大海中雀跃。先生突然停止了划动，仰身躺在了波浪上。我也学着他的样子翻过身来，天空之光强烈地投射在我脸上。"太愉快了！"我大声叫喊起来。

过了好一会儿，先生换了个姿势，好像要在海里站起来。"还不回去吗？"他问我。我身体还算强壮，原来还想再游会儿。可先生这么一问，我应声而答："嗯，回去吧。"我们原路游回了岸边。

从此我跟先生有了交往，可我依然不知道他住在哪儿。

此后又过两天，记得刚好是第三天下午，在茶馆同先生相遇时，先生突然转向我："你还打算在这待很久吗？"我没想过这事，有些猝不及防，就顺口答道："我也说不上。"看着先生的微笑，我忽然觉得有些不好意思起来，情不自禁反问道："先生呢？"这是从我嘴里第一次说出"先生"这个词。

那天晚上我去了先生的住处。和普通客栈不同，它像是坐落在宽阔寺院里的一幢别墅，我也搞清楚了住这儿的其他人并非先生家眷。见我称他先生，先生不禁苦笑，我辩解说这是我称呼长辈的习惯。我问起前些天的那个外国人，先生说那人有点特立独行，已经不在镰仓了。先生说了外国人的各种事，最后感慨说他连日本人也不大交往，居然和这样一个外国人成了朋友，他自己也觉得不可思议。我最后对先生说，似乎在哪儿见过他，可怎么也想不起来了。先生也许会有一样的感觉吧，当时年轻的我心里暗暗期待着先生的回答。先生沉吟片刻说："怎么也想不起来见过呀，认错人了吧。"我心里不由得感到了一种莫名的失落。

四

我月底回东京，比先生离开避暑地要早得多。同先生分手时我问他："以后可以常到府上拜访吗？"先生只是简单地应了句："行，来吧。"我很想同先生交往，期待先生能说点贴心话，这样敷衍的应对稍稍挫伤了我的自信心。

令我失望的情况屡屡发生，先生似乎也感觉到了，但他根本不予理会。我反复感受着轻微的失望，却从未因此产生过不再交往的念头。每当我感到不安，反而想着要更进一步地接近他。如果再向前走一步，我所期待的也许总有一天会圆满呈现在眼前吧。我很年轻，可我年轻的血并不是对所有人都会这样温顺地涌动。为何仅仅对先生产生了这样的心情？我也说不清楚。直到先生已过世了的今天，我才明白先生从开始起就没有不喜欢我。他那时常表现出来的看似不经意的寒暄和冷淡举止，并非是想要回避我。那只是内心凄凉的先生对想要接近自己的人发出的一个警告，表示自己并无亲近的价值。不愿响应他人眷恋的先生，似乎在他人看轻他之前，已先行将自己置于低处。

当然要去拜访先生——怀着这样的心情我回到了东京。离开学还有两个星期，我原本打算开学前去拜访一次，可回来后过了两三天，在镰仓时的心情就渐渐淡漠了下来。大都会五光十色的环境复活了我以往生活的记忆，它强有力的刺激在我心上渲染出一片浓墨重彩。看着来来往往的学生的脸，我对新学年燃起了希望，也感到紧张。有段时间里我把先生给忘了。

开学了。刚过了一个月，一种松弛感就袭上心头。我在自己房间里脸色郁闷地走来走去，充斥着物欲的目光来回逡巡，脑海中再次浮现出了先生的脸。我又想见先生了。

第一次拜访先生，他不在家。第二次去，记得是接下来的星期天，那是个天空晴朗得沁人心脾的好日子，先生依然不在家。在镰仓时我曾听先生亲口说过他平时大多在家的，还说他讨厌外出。两次来两次扑空，我想起了他的这番话，顿时冒出一股无名之火。我没有马上离开，站在玄关前有些踌躇地看着女佣的脸。女佣还记得我上次递过名片，她让我稍等，然后回到了屋内。不一会儿，换了个女主人模样的人走了出来，这是一个漂亮的女主人。

女主人彬彬有礼地告诉了我先生的去向。先生有在每月的这一天去杂司谷墓地为某个逝者祭扫的习惯。"刚出门，十分钟左右。"她充满歉意地说。我向她点头致意，走出了先生家。在喧闹的大街上走了差不多一个街区，我忽然心生一念：何不也顺便到杂司谷走一趟，说不定会邂逅先生呢？我随即掉转了脚步。

五

我从墓地前的苗圃左侧进去。宽敞的通道两边种植着枫树，我沿通道走向墓地深处。路边茶馆里忽然走出一个很像是先生的人，他的眼镜片反射着阳光。我凑到跟前冷不丁大叫了一声："先生！"先生突然停下脚步，看到了我的脸。

"怎么……怎么回事？"

同样的话他重复了两遍，声音在白日的寂静中回荡着，显得相当怪异，我一时什么都说不上来。

"你跟在我后面来的吗？为什么……"

先生镇定了下来，声音也随之变得低沉，表情中闪过一道难以准确描述的阴影。

我向先生说了我是怎么来这里的。

"给谁来扫墓，我妻子说了那人的名字吗？"

"没有，其他什么都没说。"

"是吗？——当然了，这些是不会说的。她第一次见你，也没必要说这些。"

先生终于安下心来，但我却完全搞不明白这是怎么回事。

先生和我穿过墓地走向外面的马路。在伊莎贝拉什么什么之墓、神父拉金什么什么之墓的旁边，立着一座塔形墓碑，上书"一切众生皆有佛性"。还有的刻着"全权公使某某"。在一座刻着"Andrea"字样的很小墓碑前，我问先生这该怎么念，先生苦笑着回答："应该念作安德烈吧。"

对形形色色的墓碑款式，我觉得滑稽和讽刺，先生似乎并不认同。我指点着那些圆形墓石和细长的花岗岩墓碑，不停地说长道短。起初他默默听着，最后终于开口说："死这件事你还没认真想过吧。"我沉默了下来，先生也没再说什么。

墓地尽头矗立着一株遮天蔽日的巨大银杏。走到树下，先生抬头看着高高的树梢。"再过些时候这里会变得很漂亮。树上的叶子全都黄了，地面也会被金色落叶埋起来。"每月一

次，先生必定会从这棵树下走过。

对面一个男人平整着凹凸的地面，在开辟新的墓地，那人放下手中的铁锹，看向我们。我们左拐，出了墓园走到了马路上。

我此行并无目的，只是跟着先生的脚步往前走。先生的话比平时更少了，我并未因此感到不安，仍然跟在先生后面信步走着。

"你这就回家吗？"

"嗯，也没什么别的地方要去。"

我们默默地向南下了坡道。

我开口问道："先生的父母葬在那儿吗？"

"不。"

"谁的墓——亲戚的吗？"

"不。"

此外先生什么都没说，我也就不再追问下去了。

又走了差不多一个街区，先生却忽然重提话头。

"是个朋友的墓。"

"您每月都来给这朋友扫墓？"

"是的。"

这天，先生除此之外没说过别的话。

六

那之后我就常常去拜访先生，每次先生都在。随着和先生见面次数增加，我也越来越频繁地敲开先生的家门。

可从最初的点头之交，到彼此关系变得亲密起来后，先生对我的态度前后并没多大变化。先生总是很沉静的样子，有时因过于沉静而显得落寞。我想起了刚和先生接触时那种难以接近的怪异感，这反而让我感受到一股无论如何也要接近他的强烈冲动。在许许多多和先生接触过的人里，也许唯独我拥有这份感觉吧。"唯独我拥有"的直觉最后被事实所证明了。说我幼稚也好，笑我愚蠢也罢，对于能看透自己内心的这份直觉，我觉得它确实值得信赖并令我欣慰。能爱别人，不能不爱别人，但当有人投入怀中，却又做不到张开双臂紧紧拥抱对方的人——这就是先生。

前面说过，先生总是安静而沉着。但偶尔也会有一片奇怪的阴云掠过他的脸，就像窗外弹射而过的飞鸟一闪即逝。我最初发现先生眉宇间的这抹阴云，是在杂司谷墓地突然招呼他的时候。他那一瞬间的异样表情，曾使我心脏里始终奔流不息的血潮骤然凝滞。当然那不过是片刻的窒息而已，不到五分钟我的心脏就恢复了正常的弹性，随后我也就忘记了这一小片阴云。我蓦然再次回想起它时，是在十月小阳春后不久的一个夜晚。

我正同先生聊着，眼前忽然浮现出先生特意指给我看的那株巨大的银杏。算来离先生每月去扫墓的日子还有三天，而第三天刚好是我放松的日子，课上到中午就结束了。

我对先生说："先生，杂司谷银杏树上的叶子都掉光了吧？"

"不至于全都掉光吧。"

先生一边回答一边盯着我的脸，目不转睛地看了一会儿。

我马上接着说："这次陪您一起去扫墓行吗？想跟您一起去那儿散散步。"

"我是去扫墓，不是去散步的。"

"可顺便散会儿步不也刚好吗？"

先生什么也没有回答。过了一会儿，他才说："真的只是去扫墓。"他一定要把扫墓和散步这两种活动的性质区分开。这是个不想带我去的借口，还是另有原因？这会儿的先生几乎就像个孩子，给人的感觉十分奇怪，这反倒让我更想去了。

"好吧，扫墓也行。带我一起去吧，我也去扫墓。"

其实我觉得把扫墓和散步分开是没什么意义的。听我坚持要去，先生的眉宇间黯淡了下来，眼中闪现出异样的光芒，其间掺杂着困惑、厌恶、恐惧和难以言喻的不安。就在这一刻，我蓦然想起在杂司谷喊"先生"时的情景，先生这两次的表情完全一致。

"我……"先生说，"我有不能对你解释的原因。我不想和别人一起去扫墓，连我的妻子也没带去过。"

七

我觉得特别奇怪。但我并不是抱着研究先生的念头才出入先生家门的，这件事就这样过去了。现在想来我那时的态度，是我人生中值得珍惜的品格之一。我全心全意想着能和先生建立一种富有人情味的、彼此温暖的交往关系。如果当时我对先生产生了好奇心、动了窥探先生隐私的念头，联结着我们彼此的那条情感共振的线，想必就会断了吧。年轻的我对自己的生活态度毫无自觉，也许正因如此它才显得可贵。如果一步踏错走向了反面，我们两人之间会有什么样的结局？只是想象一下，我都感到后怕。先生对冷酷目光的窥探一直抱有巨大恐惧，尽管我并没有这样。

我日益频繁地去先生家，变得每月必定要去两三次。一天先生突然问我："你为什么常常到我这样的人家里来呢？"

"为什么？没什么特别的意思呀——打扰到您了吗？"

"打扰倒是谈不上。"

可以肯定的是，先生没有表现出任何被骚扰了的样子。我知道先生的交际面极其狭窄，先生原来的同学只有两三个住在东京。偶尔有先生老家的学生来访，和我一起坐在客厅里，可他们看上去都不如我跟先生走得近。

"我是个孤独的人，"先生说，"你来这儿我很高兴，所以才会问你为什么常常来。"

"可这又是为什么呢？"

当我反问他时，先生并不回答，只是看着我问："你多大了？"

这样的问答虽然让我不得要领，但我也没打破砂锅问到底就回去了，而且不到四天我又来了。

先生一进客厅就笑了起来说："又来了啊。"

"是啊，又来了。"说着我自己也笑了起来。

要是别人这样说一定会触动我的逆鳞，可先生这么说，恰恰相反，我不但没生气，反倒觉得很愉快。

"我是个孤独的人，"那天晚上先生又接起前些天的话头往下说，"虽说我是个孤独的人，可你不也是吗？我年纪大了，孤独点无所谓，不活动也能待得住。可你还年轻，这样下去不行吧？能活动就要尽量去活动，人只要动起来就总能碰到点什么……"

"我一点也不孤独。"

"年轻时最容易感到孤独，不然你为什么老是上我这来呢？"

说到这，先生又绕回到了上次的话题。

"就算你遇到我，你心里头仍然是孤独的，因为我没有力量帮你从根本上解决这孤独。迟早你会向别处伸出你的手，那时你就不会像现在这样到我这儿来了。"

先生说到这，孤独地笑了起来。

八

幸而没有被先生不幸言中。我的人生经验一片空白，先生预言里这样浅显的含义，我竟然一点都听不明白。我照旧去拜访先生，其间不知不觉就上了先生家的饭桌，随之也很自然地同女主人有了交流。

作为一个正常人，我对女性并不冷淡。但在我短暂的人生经验中，几乎没有和女性有过可以称之为"交往"的交往。不知是否出于这原因，我对街上的陌生女性更感兴趣。我之前在玄关外见到先生的夫人时，就留下了很美的印象，此后每次见面这印象都从未改变。但除此之外，我觉得夫人似乎就没什么值得特别介绍的了。

并不是夫人没特点，应该说她没有展示特点的机会也许更恰当吧。我总是把夫人当作附属于先生的一部分，夫人似乎也把我看作一个来拜访她丈夫的学生而善意相待。要是去除掉我们之间的先生这一环，我和夫人就成了毫不相干的陌生人。除了刚认识夫人时留下的美的印象，此外再无其他。

有次在先生家小酌，夫人出来在一旁为我们斟酒，先生看起来比往常高兴。"你也来一杯吧。"他对夫人说。说着，他把自己喝空了的酒盅递了过去。"我……"夫人推辞不过，有些窘迫地接过了酒盅。我只给她斟了半杯酒，她皱起了漂亮的眉头，将酒盅端到唇边。夫人和先生开始了下面这段对话。

"真是稀罕呀，难得让我喝一回酒呢。"

"你这不是讨厌喝酒吗？其实偶尔喝上一杯挺好，会让人心情好起来。"

"一点也没好起来呀，就是苦。不过我看你只要喝上一点，就真像挺高兴似的。"

"有时候会非常高兴——虽说也不总是这样。"

"今晚怎样呢？"

"今天心情很好啊。"

"那以后每晚都喝两口吧。"

"那可不行。"

"喝点吧，喝点你就不那么寂寞了。"

先生家里只有夫妇俩和一个女佣，每次去都是静悄悄的，从未听见过有人高声谈笑。有时我甚至觉得整座屋子里只有先生和我两个人。

"有个孩子就好啦。"夫人对我说。"是呢。"我回答说，可心里却并无认同感。那时我没有孩子，只觉得孩子太吵了。

"抱个回来怎样？"先生问。

"抱个回来不大好吧，你说呢？"夫人又转头看我。

"自己生，生不出来哟。"先生说。夫人沉默了。

"为什么呢？"我问道。

"天罚呀。"先生大声笑起来。

九

就我所知，先生和夫人的关系很好。我没有在先生家生活过，不了解更深入的情况，但先生同我在客厅里相对而坐时，不管什么事他都不使唤女佣，而总是招呼夫人。先生转头朝拉门那边看，叫着："哎，静！"（夫人的名字叫"静"）先生招呼的方式我听起来很温柔。夫人答应着过来，神情也非常温顺。有时留我吃饭，夫人也在座时，他们夫妻间的这种关系就表现得更明显了。

先生常常陪夫人去听音乐会、看戏。我记忆所及，他们共同外出的周内短途旅行，至少也有过两三次。我现在还留着他们从箱根寄来的明信片，还有他们在日光寄给我的信，信封里装着一片红叶。

我眼中先生和夫人的关系，当时的大致印象就这些。只有一次例外。有天我像往常一样，在先生家门前正要出声招呼，就听到了客厅里有人在说话。仔细一听，那不是正常的谈话，而像是在争吵。先生家的玄关紧挨着客厅，站在拉门后就大致能分辨出屋里争吵的声音。其中一人是先生，他不时提高嗓音，对方的声音比先生小，不能明确判断是谁，但我总觉得像是夫人。夫人似乎还在哭泣。怎么回事？我在玄关前犹豫了片刻，决定不进去了，便回到了我的住处。

一种奇怪的不安向我袭来，我翻着书却根本读不下去。差不多过了一个钟头，先生来我住处的窗下喊我名字。我吃惊地打开窗，先生在下面招呼我："出去散散步吧。"我掏出刚才塞在腰带里的手表一看，已经八点多了。我回到住处后还没换掉裙袴，便很快出了门。

那天晚上，我和先生一起喝了啤酒。先生原本酒量就不大，喝到一定程度要是没醉，他也不会冒喝醉的风险继续喝下去。

"今天不行了。"先生苦笑着说。

"高兴不起来吗？"我有些同情地问。

我一直惦记着刚才的事，如鲠在喉。一会儿想直接问他，一会儿又觉得还是不提为好，内心的摇摆让我坐立不安。

"你今晚怎么了？"先生说，"其实今天我也有点古怪，看出来了吗？"

我不知该怎样回答。

"刚才跟家内小吵了一架，让我这无聊的神经受了点刺激。"先生又说。

"为什么呢……"我没说出"吵架"这个词。

"她对我有点误解。我说那是个误会，她还是不体谅，弄得人恼火。"

"误解了先生什么呢？"

先生没想要回答我的问题。

"我要是她想象的那种人，也不会过得这么难受了。"

先生究竟过得有多难受？这同样是我无法想象的问题。

十

回去的路上，我们沉默地走着，一个街区接着一个街区。

先生突然开口说："真是不好意思啊。我一生气就跑了出来，她肯定放心不下。想想女人也真的是很可怜，像我妻子这样的，除了我也没什么可依靠的人了。"

说到这里先生稍稍停顿了下，可也并没有期待我的回答。紧接着他又说了下去："说起来有点可笑，作为丈夫，我竟然觉得这是理所当然的。对了，在你眼里我究竟是个怎样的人，强者还是弱者？"

"看上去像在两者之间吧。"我答道。

我这回答让先生有些意外，他又闭上了嘴沉默地走着。

先生回家，会从我住处附近路过。到我们该分手的拐角处，我心里觉得有些过意不去。"陪您到家吧。"我说。先生立即伸手拦住了我："很晚了，你快回去吧。为了我妻子，我也得赶紧回家了。"

先生最后加上的这句"为了我妻子"，那时意外地让我感到了温暖。因为有了这句话，我回来后才能安然入眠。在之后很长的一段时间里，我都没能忘记"为了我妻子"这句话。

我也由此明白了先生和夫人间的这场风波，应该算不上什么大事。随着不断出入先生家，我也大致推测出类似的争吵是很少发生的。有一次先生甚至向我表露心迹："这世上的女人我只认我的妻子，其他女人都不能让我动心，我妻子也觉得我是这天下唯一的男人。从这角度上说，我们原本应该是这世上最幸福的一对了。"

我现在已忘了前因后果，记不清先生为何会对我倾诉这些掏心掏肺的话。但先生当时认真的神情、深沉的语调，至今还残留在我的记忆中。他当时的最后一句话，在我耳边发出了异样的鸣响："我们原本应该是这世上最幸福的一对了。"先生为什么不是肯定地表达，他们就是最幸福的一对，却说成原本应该呢？我觉得这样的表述有点可疑，特别是先生在这儿还加重了语气强调，就更让我困惑了。先生实际上是否真的幸福？还是说"我们原本应该是这世上最幸福"的，其实却并没有那么幸福？但这点疑惑也只是在我心中一闪而过。

　　不久后我去先生那，他不在家，我有了直接同夫人谈话的机会。那天，先生的朋友要从横滨出发，将乘船漂洋过海，先生是去新桥为他送行的。当时凡去横滨乘船的旅客，大多是在新桥车站搭乘早上八点半的火车。我同先生说过需要一些书，先生约我九点钟到。而先生去新桥为朋友送行，则是对前一天专程前来辞行的朋友还礼。这是临时决定的。先生临走时留话，说他一会儿就回来，让我等他。于是我就进了客厅，边等着先生边同夫人攀谈了起来。

十一

　　那时我已经是大学生了，比初到先生家时，看上去已然更像个成年人了。同夫人也已相当熟识，在夫人面前并不感到有什么拘束。我们说了很多，不过都只是一般的闲聊，现在全都忘了。我只记住了其中一段话，但在记录这段话前，有件事要先交代。先生是大学毕业，这我一开始就知道了。但先生啥事不做只待在家里玩，这却是我回到东京过了一阵后才知道的。那时我就想，先生怎么就能心安理得玩得下去呢？

　　先生是个在社会上默默无闻的人。他的学问和思想，除了同他关系密切的我，肯定不会另有他人知晓并持有敬意。我常为这点感到可惜，先生却不以为意，只回答说："像我这样的人到社会上去，说点什么又有什么用？"在我听来，这样的回答过于谦逊，倒像是对这社会的反讽。先生臧否人物，对那些早已成名的老同学，常常抓住一个例子就毫不留情地批评。我也不避讳地指出了先生这种态度的矛盾。与其说我是想要否定先生，不如说我是对人们不能理解先生感到遗憾。听了我的话，先生语调低沉地回应："总之我是个没资格到社会上去做事的男人，这没办法。"说这些时，先生脸上会露出一种很深沉的表情。我说不清他那时的心情是失望、不满还是悲哀。虽然不能理解，但先生的话语中有着不容置疑的坚定，这让我没勇气再说些什么。

我同夫人的谈话，话题很自然地落到了先生身上。

"先生为什么要这样，只在家里读书、思考，而不是到社会上去成就一番事业呢？"

"他这个人不行呢，他讨厌做那些事。"

"就是说，他悟道了吗？觉得做那些俗事是无聊的？"

"是不是悟道，我是个女人也弄不清楚，不过恐怕不是这意思吧。他还是想做点事的，可就是做不了，实在是很可怜。"

"看先生的身体，不是挺好的吗？"

"身体倒是很结实，什么毛病都没有。"

"那为什么不能出去做点事呢？"

"这就不清楚了。要搞明白了，我就不这么操心了啊，就是因为不明白才更觉得心里不安。"

夫人的语气很伤感，但嘴角还是挂着微笑。若在旁人看来，我反倒显得认真了。我流露出难以理解的神情，沉默了下来。夫人突然想起什么似的又开了口："他年轻时可不是这样的人。和年轻时简直判若两人啊，全都变了。"

"您说的年轻时，是什么时候？"我问。

"学生时代呗。"

"您在学生时代就认识先生了吗？"

夫人脸上随即浮起了一层淡淡的红晕。

十二

夫人是东京人，先生和夫人都跟我说过。夫人自己开玩笑说："要当真说来，我是个混血儿。"因为她父亲出生在鸟取县，母亲却出生在那时还称作为"江户"的市谷。先生则是从方向全然不同的新潟县出来的人。如果夫人和先生相识于学生时代，那显然不是因为同乡关系。夫人脸色微红，似乎不想再说下去，我也就不好再深问了。

从认识先生到他离世，我从诸多方面了解到了先生的思想和情怀，唯独对他结婚时的情形几乎毫无所知。有时我从善意的方面来解释：先生身为长辈，给年轻人讲述自己的艳史需要特别谨慎。有时又从消极方面来思考：先生和夫人都和我不同，他们成长于一个循规蹈矩的旧时代，凡涉及这种男女情爱的事，就完全丧失直率地自我暴露的勇气了。不过，这些都仅仅是推测。但无论哪种推测，都可以想象两人结婚的幕后，存在着一段浪漫的往事。

我的想象没错，但也只是在假想中描绘出了两人爱情的一个侧面。在先生美好爱情的背后，存在着一个可怕的悲剧。而那场悲剧对先生来说有多么惨痛，作为夫人的她却全不知情。直至今日夫人依然被蒙在鼓里，先生是瞒着她死去的。先生在毁灭夫人的幸福前，先行毁灭了自己的生命。

　　关于这个悲剧，现在我什么也不能说。由于这悲剧而产生的两人间的爱情，正如先前所言，他们俩谁都未曾对我提起过。夫人是出于谨慎，而先生却有着比这更深刻的缘故。

　　有一件事尚且留存在我的记忆中。当时正是繁花盛开的时节，我和先生一起去上野。我们在那看见了一对漂亮的情侣，两人和美地相互偎依着在繁花下漫步。因为是在公园，关注他俩的人比看花的人还多。

　　"像是新婚夫妇啊。"先生说。

　　"看起来很恩爱呀。"我附和着。

　　先生连苦笑都没有，转身朝这对男女视线外的方向走去。

　　"你恋爱过吗？"先生问我。

　　我说没有。

　　"不想恋爱吗？"

　　我没有回答。

　　"不会不想吧？"

　　"嗯。"

　　"刚才看到那对男女，你语气里有种嘲讽。嘲讽里掺杂着你想要追求爱情又得不到对方的怨气。"

"我说的话里，听上去有这意思吗？"

"就是这意思。体验过美满爱情的人，会说出更柔情的话。但是……但是，爱情是罪恶的，你能明白吗？"

我突然愣住了，什么也回答不出来。

十三

我们走在人群中，所有人脸上都洋溢着快乐的笑容。穿过人群，我们走向一片寂静的树林，其间一直没机会继续谈论这话题。

"爱情是罪恶的吗？"我突然问道。

"是罪恶，确凿无疑。"先生的语气同刚才一样坚定。

"为什么这么说呢？"

"迟早你会理解的。不，不是迟早，应该说你早已理解了。你的心不是早就在为爱情而跳动了吗？"

我反省自己的内心，那里却意外地空虚，连想象的目标都不存在。

"我并不打算对先生隐瞒什么。我心里连这样的对象也没有。"

"正因为没有对象你才内心骚动。你觉得一旦有了，就能够平静下来，这就是你的内心活动。"

"不至于到这地步吧。"

"你内心不能得到满足，所以你才频繁地来我这儿，不是吗？"

"也许是这样吧，但这和爱情是不一样的。"

"这是走上爱情前的一级台阶。在和异性拥抱之前，先到同性这儿来寻求安慰。"

"这两件事的性质完全不同，对我来说。"

"不，一样的。我是个男的，无论如何也不能满足你的渴望。再加上有些特别的原因，我更不能使你得到满足。我真心觉得你很可怜，你迟早是会离开我到别处去的。或者不如说我也更希望是这样，可是……"

我感到了忧伤。

"先生总是认为我会离开您，可我从来没这样想过。"

先生根本没理会我的解释。

"必须谨慎行事，爱情是一种罪恶。我这儿虽然满足不了你的渴望，可也没什么危险。但你——被又黑又长的发丝束缚住的感觉，你能懂吗？"

想象中我能够明白这种心境，却没有实际体验过。不管怎样，先生所说的罪恶，我仍然感觉朦胧，难于索解。而且我有点不高兴了。

"先生，请把罪恶的意思说清楚些，不然就别再往下说了——在我能弄明白您这罪恶的意思之前。"

"不好意思。本想跟你说说事实的真相，没想到把你弄急了，是我不好。"

先生和我从博物馆背后向莺溪方向静静地走着。从藩篱的缝隙里，可以看见宽敞庭院中一角茂盛的白山竹，显得十分幽静。

"知道我为什么每月到杂司谷墓地为朋友扫墓吗？"

先生问得非常突兀，而且明明知道我回答不上来，我好一会儿没有言语。他像刚感觉到似的说："又说了不该说的。觉得让你急了不好，想解释下，没想到这解释反倒让你更焦虑了。真没辙，这话题就到此为止吧。总之爱情是罪恶的，同时又是神圣的，不是吗？"

先生的话让我越听越不明白。但是，他说到这里总算不再提爱情这件事了。

十四

我很年轻，很容易一条道走到黑，至少在先生的眼中我就是这样的。在我看来，先生说的话要比学校的教材更有营养，先生的思想比教授的见解也更难得。说穿了，比起那些站在讲坛上指导我的了不起的大人物，坚守孤独且并不多言的先生，在我看来要更了不起。

"简单逆反是不行的。"先生说。

"醒悟后我也是这么想的。"我回答时带着十足的自信，先生对我的自信却未加理睬。

"你这只是一种激情，激情一旦退潮就会产生厌恶。看着现在这样的你，会让人感到可怜，要再想到你今后必定会产生的那种变化，就会让人更难过。"

"在您看来我是这么轻浮，这么不可信任吗？"

"我觉得你很可怜。"

"可怜，所以不可信任。是这样吗？"

先生似乎很困惑地看着院子。庭院里，不久前还处处点缀着的深红色的茶花，现在一朵也不见了。先生有坐在客厅里眺望茶花的习惯。

"我说的不可信任，并不是特指你，而是不信任全部人类。"

藩篱外传来卖金鱼的吆喝声，此外听不见任何声响。转过大街深入约两百米的巷子深处格外静谧，房间里也悄无声息，一如往常。我知道夫人就在隔壁默默地做着针线活之类的。她能听到我们说话，但我却完全忘了这一点。

"那么连夫人也不能相信吗？"我竟然问先生。

先生略略有些神色不安，他避开了直接的回答。

"我对自己都不信任。既然连自己都不能信，别人自然更不用提了。这除了怪自己怨不得别人。"

"如果想得那么复杂，那真是谁都靠不住了。"

"不，不是想，而是实际上就是不信。不能信任他人让我也很震惊，然后感到非常可怕。"

我还想沿着这话题继续深入一些，却听到夫人在拉门后叫了两声："先生、先生。"叫到第二声时，先生问："怎么了？"夫人说："来一下。"先生去了隔壁。我不知道他们俩发生了什么。没容我多想，先生很快就回到客厅。

"总之，别太相信我哟，迟早要后悔的。人被欺骗后，定会展开残酷的复仇。"

"这究竟是什么意思呢？"

"曾在他人面前受辱的回忆，将会使你把脚踏在他的头上。我就是为了不受将来的屈辱，所以拒绝了现在的尊崇；为了不忍受将来巨大的孤寂，所以忍受了此刻的寂寞。我们生活在一个自由、独立和自我充实的时代，感受这种孤独也许就是必要的代价吧。"

面对抱有这种感悟的先生，我真不知该说些什么才好。

十五

从那以后，每当我见到夫人时都有点担心。先生对她始终是那样的态度吗？如果这样，夫人会满足吗？

夫人的神情让人猜不透她是否对此满意，我也没有更多接近夫人的机会。她每次见到我，态度都很平常。况且先生不在家时，我也很少见到她。

让我更困惑的是，先生对于他人的这种感受是怎么产生的。仅仅是他以冷酷的目光审视自己内心，抑或是他对当代社会观察得出的结论？先生是那种坐而求道、深入思索的类型，以先生的生活态度，审视当代社会，大概也能自然得出那样的结论吧。但我觉得并非仅仅如此。先生的见解是活生生的，不是那种被焚烧一空后残留下的石头空屋子。我眼里的先生，的确堪称一个思想家。但在这思想家所归纳出来的哲学背后，似乎缠绕着强大的事实依据。不是那种与己无关的他人的事实，而是一种切肤之感，就像热的血和跳动的脉搏。

这并非我的臆测，先生自己也曾承认过，只是他的承认有点云山雾罩，让我感觉似乎有面目不清的恐怖之物隐身其间。我也不明白它究竟为何令人感觉到恐怖。他的自白是朦胧的，但又明确地震撼了我。

我从先生的人生观出发，假想他或许经历过一段轰轰烈烈的爱情（这段爱情当然就是产生在先生和夫人之间）。结合先生"爱情即罪恶"的观点来看，这多少有点头绪。可先生告诉过我，他现在很爱夫人。可见先生这种近乎厌世的哲学，并不是从他们俩的爱情中生发出来的。"曾在他人面前受辱的回忆，将会使你把脚踏在他的头上"，先生的这句话，一定来自其他的什么人，用来形容先生和夫人的关系并不恰当。

杂司谷那个不知是谁的墓地——也常出现在我的记忆中。我知道那块墓地同先生有着深刻关联。我不断地进入先生的生活，却又觉得先生难以靠近。作为先生记忆中的一个生命片段，这块墓地潜入了我的内心。但对我来说，那块墓地是一个死物，并不能成为打开我和先生生命之门的钥匙。毋宁说它是一个怪物，矗立在我和先生两人之间，阻止着我们的自由往来。

不知不觉间，我和夫人不得不直接对话的机会又来了。那是个日暮匆匆的秋天，寒意不知不觉间侵入肌肤的季节。先生家附近接二连三发生了盗窃案，案子都发生在天刚黑下来的时间段。虽说都没丢失什么贵重之物，但盗贼必定要从所到之处取走点什么。夫人为此提心吊胆。正在此时，一天晚上有件事让先生不得不出门。先生有个在外地医院工作的同乡友人进京，他和另外两三人在某地请朋友吃饭。先生向我说了原委，托我帮他看家直到他回来。我当即就答应了。

十六

我到先生家时是尚未掌灯的薄暮，一向守约的先生已经不在家了。"怕去晚了，他刚刚出门。"夫人说着，把我让进先生的书房。

书房里放着书桌和椅子，还有一排排有着精美书脊的藏书，灯光透过玻璃照耀着它们。

夫人让我坐在铺在火盆前的座垫上。"就在这儿看会儿书吧。"夫人说完就出去了。

我感觉自己就像一个等候主人归来的访客，僵硬地坐在那儿点了支烟吸着，能听到夫人在茶水间吩咐着女佣什么。书房的位置是在茶水间所在走廊尽头的拐角处，比客厅距离房屋中心位置更远，所以比客厅更为安静。当夫人说话的声音一停，四周便显得一片死寂。我一直怀着等候盗贼光临的心情，凝神屏息关注着四周动静。

过了半个钟头，夫人在书房前露面。看着表情僵硬、像

访客似的等候着的我，她不禁惊讶地"哎呀"了一声。

"太委屈你了。"

"并没有，没什么委屈的。"

"那也会很无聊吧。"

"没什么。觉得会来小偷，正紧张着，一点也不无聊。"

夫人手里端着红茶茶碗，笑吟吟地站在那儿。

"这里是屋子的犄角，不是很适合看守。"我说。

"真是失礼了，到屋子里面一点来吧。以为你会无聊，就给你送了碗茶来。要是觉得茶室那儿合适，就来茶室用茶吧。"

我跟着夫人出了书房。

茶室里，漂亮的长火盆上铁壶在鸣响。

我品尝了茶和小点心，夫人怕喝了茶睡不着，没有碰茶碗。

"先生经常这样出门吗？"

"很少出去，近来他变得越来越讨厌和人见面了。"

夫人这样说着，并没有显出特别困窘的样子。

"那，夫人您是例外吧？"我大胆问道。

"我也是被厌恶的一个。"

"那就是胡说了，"我说，"夫人明知是胡扯才这样说的吧。"

"为什么？"

"要我说呀，先生就是因为喜欢夫人才嫌弃这社会的。"

"不愧是做学问的人呢，真会说话。但不也同样能说，正因为他厌恶这个社会，所以连我也一并厌恶了吗？道理是一样的。"

"两种说法都成立。不过在先生这问题上，我是正确的。"

"我讨厌辩论。男人就是喜欢辩论，好像很有意思似的。还真以为面前放个空碗就能吃饱了呢。"

夫人的言辞有些尖锐，但绝不刺耳。她让对方认识到自己并非无脑，并由此表现出一种古典的自尊。

夫人看上去对埋藏心底的隐秘十分珍重。

十七

原本我还想以此为话题继续深入，但又担心夫人把我当成是个热衷空谈的人。夫人看着紧盯空茶碗默不作声的我。"再来一杯？"我马上把茶碗递到了她手里。

"几块？一块还是两块？"

夫人轻巧地拿起方糖，看着我的脸问。夫人显然不是要讨好我，但肯定是想淡化刚才尖锐的言辞，神情很柔和。我默默地喝着茶，喝完之后仍然沉默着。

"太沉默了吧。"夫人说。

"一说话又得争辩了，又得挨骂。"我答道。

"哪能呢。"夫人说。

以此为话头，我们又聊了起来。话题集中在了我们彼此交集的先生身上。

"夫人，接着刚才的话题再往下聊会儿成吗？也许夫人听来都是空洞的扯淡，可我觉得并不那么空洞。"

"那就说说看吧。"

"假定夫人突然不在了，先生还能照现在这样继续生活下去吗？"

"这我怎么知道？你呀，这种事只能去问先生，别人是不知道的，也不是该问我的话。"

"夫人，我是当真的，您别回避，一定要诚实回答。"

"是诚实的啊，老实说我真的不知道。"

"那么，夫人有多爱先生？这问题与其问先生不如问您，这您总该回答吧。"

"这种事，别这么直接好吗？"

"随便问问而已。您的意思是，这问题答案很清楚？"

"啊，不是吗？"

"如此忠实于先生的您突然不在了，先生会变成什么样？对社会任何方面都毫无兴趣的先生，您突然不在了会变成什么样？从您的角度看看吧。您认为先生是会幸福呢，还是会变得不幸？"

"从我的角度看，我认为这很明显（也许先生不这样看）。他若是离开了我，只会变得不幸，或许连生活都无法继续下去。这样说，好像我很自负。可我相信，现在我正在尽我所能，让先生感受到作为一个人的幸福。我坚信没有任何人像我这样能让先生感到幸福。正因为如此，我感到很坦然。"

"我想，您的这种信念，先生一定能明确地感受到。"

"那是另一个问题哟。"

"可您刚才还说先生嫌弃您呀。"

"我并不认为他嫌弃我，他没有嫌弃我的理由。但先生不是厌恶这个社会吗？近来他又从厌恶社会发展到了厌恶整个人类。我作为人类的一分子，不也理应遭到厌恶吗？"

我终于理解了夫人所说的被厌恶的含义。

十八

夫人的理解力令我深感钦佩。她的态度不同于旧式日本女性，在我心理层面产生了一种刺激，而且她几乎从不使用当下开始流行的所谓时髦词汇。

我是个从未同女性有过深入交往的木讷青年。作为男人，我本能地将异性作为憧憬对象，常常在梦中梦见女人。但那种心情不过是像远眺着令人依恋的春云，只是朦胧的梦而已。所以，一旦站在一个真实的女性面前，我的情感就常常会突然发生变化。每当我被出现在眼前的女人所吸引时，相反会感受到一种怪异的排斥力。而面对夫人，我却丝毫没有这种感觉，也从未感觉到横亘在普通男女间的思想上的不平等。我忘了夫人是个女人这回事，只把她看成是先生的一个诚挚批评者和同情者。

　　"夫人，之前我问过您，先生为什么不做些社会活动。那时您说，他原来不是这样的。"

　　"是说过。原来他真不是这样的。"

　　"以前先生是什么样的呢？"

　　"他是个很靠谱的人，就像你我所期待的那样。"

　　"怎么突然就变了呢？"

　　"并不是突然变的，是慢慢变成现在这样的。"

　　"这期间，夫人一直同先生在一起吧？"

　　"当然在一起呀，夫妻嘛。"

　　"那夫人一定清楚先生变成现在这样的原因了。"

　　"所以说，这是个麻烦啊，你这样说真让我很难过。我怎么琢磨也弄不明白，到今天都不知求了他多少遍，求他说个明白。"

"先生怎么说？"

"'没什么可说的，没什么可担心的，我的性格就这样'。就这几句话，根本就不理我。"

我沉默了，夫人也不再往下说。保姆间的女佣也一点声响没有。我把盯小偷的事都给忘了。

"你是不是觉得我有责任？"夫人突然问我。

"并没有。"我答道。

"你就坦率告诉我吧。让别人这样想，真比切开我的身体还难受。"她又说，"尽管如此，我还是愿意为他尽我所能。"

"先生也是这样看待您的。没关系，放心吧，我敢担保。"

夫人扒了扒火盆里的灰，将水罐里的水给铁壶续上，铁壶的鸣响立即就消失了。

"我终于忍受不下去了，就问了先生。'我要有不好的地方你就直接说出来吧，能改我就改。'可先生告诉我'你没什么错，有错的是我'。他这么一说，我心里难过得受不了，哭了起来。我更想知道自己究竟是错在哪里了。"

夫人眼中噙满了泪水。

十九

　　起初，我只是把夫人当成一个有理解能力的女性。在我关注的这场对话中，夫人渐渐变了。她从触动我的头脑开始，渐渐打动了我的心。夫人和丈夫之间并无障碍，而且肯定没有，但却一定有着点别的什么。可当她想要睁开眼看清楚时，却又什么也看不清，这就是她痛苦的根源。

　　夫人认定先生抱着厌世的态度面对这社会，以至于连她自己也被裹挟其中，成了被厌恶的对象。她虽然这样判断，却一点也做不到心安理得。就她内心深处而言，她或许是反过来推断的，先生正是因为厌恶自己，结果却发展到了厌弃这世上的一切。可无论怎样费尽苦心，她都找不到事实来证实这推测。先生的态度总是那么温柔，和蔼又可亲。这个疑团被夫妻之情包裹起来，日积月累，深埋在夫人心底，这天晚上夫人打开了内心的包裹，让我目光的一瞥投入了其中。

　　"你怎么想？"夫人问，"他是因为我才变成这样的，还是像你所说的那样，是人生观之类的东西让他变成这样的呢？不必避讳，告诉我吧。"

我并不想避讳什么。可其中如果存在着我并不知晓的因素，那么无论我怎样回答，都不可能让夫人满意。更重要的是，我相信其中必定存在着我还不知道的情况。

"我不知道。"

一瞬间，夫人流露出一线期待落空的悲伤。

我赶紧补充道："可我保证先生并没有厌恶夫人。我只是把听到的先生亲口所言如实转告您。先生不是那种撒谎的人。"

夫人什么也没有回答。

她过了会儿说："其实我也能猜到一点，不过……"

"是关于先生变成这样的原因吗？"

"嗯。如果那就是原因的话，就没我什么责任了，那样我就能感觉轻松多了……"

"是什么样的事？"

夫人望着自己放在膝上的手，吞吞吐吐地说："我说给你听，你来判断。"

"如果我能判断的话。"

"不能全都告诉你。全说了要挨骂的，只能说点不会挨骂的事。"

我紧张地咽了口唾沫。

"先生还在读大学的时候，有一位相当要好的朋友。就要毕业前他死了，突然就死了。"

夫人凑近我耳边小声说："其实是自杀。"

她这么一说，我下意识地反问了一句："为什么？"

"这就只能说到这啦。但从这件事后，先生的性情就渐渐变了。我不知道那人是为什么死的，恐怕先生自己也不清楚吧。要是说有什么让先生性情改变的话，现在想来也只有这件事了。"

"这人的墓地是在杂司谷吗？"

"这也是不能说的了。可一个人只是失去了一个好朋友，就会发生那么大的变化吗？我真是太想知道真相了，你能帮我判断下吗？"

我的判断是倾向于否定的。

二十

我试图用我掌握的事实来安慰夫人，夫人似乎也盼着尽可能从我这儿得到点安慰。我们长时间谈论着这一话题。可我不了解事情的根源，夫人的不安恍如从薄雾般的疑惑中涌出。对事实的真相，夫人自己也所知不多，就算她知道也不可能向我和盘托出。所以，想要安慰夫人的我，和期盼着被我安慰的夫人，彼此都在困惑的波浪上漂浮着。夫人一边漂浮，一边伸出她的手，想要抓住我那一丝完全不靠谱的判断。

十点左右，玄关传来先生的脚步声。夫人似乎陡然之间忘了刚才的一切。她立即站起身来，完全忽略了对面坐着的我，迎上前去和拉开隔扇门的先生差点撞了个满怀。我落下一步，也跟着夫人迎了上去。女佣似乎在打瞌睡，没有跟着出来。

先生心情很好，夫人看上去却比先生还要高兴。我看着夫人，刚才她漂亮的双眼还噙着泪光，愁眉不展，这样的变化我觉得很反常。如果那不是虚伪的话（实际上我也并不认为那是虚伪的），那么刚才夫人对我的倾诉，就成了一种对伤感的把玩，也不妨理解为那是一个女人的无聊游戏。当时我的感觉，并未达到如此苛责夫人的程度。看着夫人突然光彩照人的神色，我反倒感到了安心。倘若果真如此，那倒无须我为此担忧了。

"辛苦了，多谢。小偷没来吗？"先生笑着问，"没来不扫兴吧？"

"真是对不起了。"我回去时，夫人带着歉意说。那种语气听起来有些调侃，好像是因为浪费了我的时间而感到歉意，但更像是因为我特意赶来而没遇上小偷感到遗憾。夫人一边说着，一边用纸包上刚才剩下的点心，塞在了我手里。我把它装进袖筒，穿过夜阑人静的小路，快步向熙熙攘攘的街区走去。

我从记忆中挑出那晚的事详细记录在此，是因为我觉得有写下来的必要。不过说心里话，当时我揣着夫人给的点心回来时，心里并没怎么重视那晚的谈话。第二天，我从学校回来吃午饭，一看见昨晚放在桌上的点心，马上就从纸包里掏出涂着巧克力的褐色蛋糕塞进嘴里。我边吃边想，送我点心的这对男女，的确是这世上一对幸福的夫妇呢。

秋去冬来，没什么值得一提的事情。我同先生家越走越熟，还请夫人帮我拆洗、缝补衣物。当时，从来没在和服下穿过贴身内衣的我，就在衬衫上套了个黑色的假领子。夫人没有小孩，她说照料我就算是解闷了，也算是一剂生活的调味品吧。

"手工织的吧，布料这么好的和服还从来没缝过呢。就是不好缝啊，针都没法插进去，托它的福，都折断两根针啦。"连这样倒着苦水时，夫人也未流露出嫌麻烦的神情。

二十一

入冬时，我因突发情况不得不回乡一趟。我接到母亲来信，信上说了父亲的发病经过，情况不大好。最后信上还叮嘱说：虽说眼下还过得去，不过到底上了年纪，有可能的话最好抽空回来看看。

父亲曾经得过肾病，是人过中年后常患的那种慢性病。父亲和家人都坚信这种病只要小心调理，是不会恶化的，并对此说信之不疑。父亲常向客人吹嘘，多亏自己擅于养生之道，就如此这般挺到了今天。母亲信中说，父亲当时正在院子里干着什么，突然一阵晕眩就摔倒了。家人误以为是轻微脑出血，立即进行了抢救。后经医生诊断，似乎根本不是这么回事，而判断为旧病复发。家人这才把父亲的晕倒和肾病联系起来。

离寒假还有一小段时间，本想等到这学期结束也无妨，就拖了一两天。就在这两天里，父亲卧病在床的模样和母亲担忧的面容不时浮现在我眼前。每当此时，我就难过起来，终于决定启程。为了省去家里寄钱来的麻烦和时间，我去向先生辞行，顺便借点路费。

先生有些感冒，不愿到客厅，把我叫到了他书房。入冬以来少见的阳光此刻和煦而令人亲切，它透过书房的窗玻璃落在了书桌上。先生在这间日照良好的屋子里放了一个大大的火盆，水汽从搁在铁架上的金属盆中蒸腾而起，避免呼吸困难。

"得场大病倒好了，这种小感冒真是个让人讨厌的东西。"先生看着我苦笑了一下。

先生没得过什么大病，这话让我想笑。

"感冒这种还能忍受，再重的病就真得躺倒了。先生也一样吧，您试下就全明白了。"

"也许是这样吧。可我要是得病，还真想得个致命的。"

先生这话我没特别当回事，马上说起了我母亲的来信，向他借钱。

"一定让你很闹心吧？这点钱我手上有，你拿去吧。"

先生叫来夫人，让她把我需要的钱拿来。夫人从里屋茶柜之类的抽屉里取出钱，仔细折叠在白纸上。

"父亲让你担心了吧？"夫人说。

"晕倒过好几次吗？"先生问我。

"信上没怎么提——这种病老是会这样晕倒吗？"

"是啊。"

我这时才知道，先生夫人的母亲也是得了和我父亲一样的病去世的。

"反正是很难好啦。"我说。

"是这样。要是能替她得这病，我倒是很愿意呢——你父亲呕吐吗？"

"到底怎样，信上也没写，可能没有吧。"

"要是不呕吐，就还不要紧。"夫人说。

我搭乘当晚的火车离开了东京。

二十二

父亲的病没有想象的那么严重。我到家的时候，他正盘腿坐在榻榻米上。

"你们都不放心，就只好这么一直干坐熬着。都已经起来了，没啥事。"父亲说。第二天他就不顾母亲的劝阻，让母亲把粗布被褥收了起来。母亲边收拾边说："你爹一看你回来，马上就精神了。"可我并不觉得父亲是在强打精神支撑。

我哥在很远的九州工作，如果没意外情况发生，不能轻易回来见父母。妹妹嫁到外地，不到紧要关头，也是个不能一叫就回来的女人。兄妹三人中，最方便的只有我这个学生。我能按照母亲的叮嘱，放下学业在假期开始前赶回来，父亲觉得非常满意。

"这点小毛病真不值得让你向学校请假，你娘不该把信写得这么一惊一乍的。"

父亲不仅嘴上说，还把榻榻米上铺好的被褥都收拾起来，以显示他像往常那样精力充沛。

"可不能大意，病情反复就不好了。"

对我的提醒，父亲感到很高兴，又有些不大在乎。

"那没事，只要和平时那样多留神点就行了。"

父亲的病似乎真的不大要紧。他在家里自由自在地走来走去，既不喘气也没感觉头晕，只是脸色比一般人要差很多。不过这也并非现在才有的症状，我们也都没太在意。

我给先生写了封信，感谢先生借钱给我的恩情，告诉他等正月回东京时再把钱还上。我还说了父亲的病并没有想象中的那么糟，眼下还挺让人安心的，头晕和呕吐之类皆未发生等等。最后还捎带着关心了先生的感冒，实际上我并没有把先生的感冒放在心上。

我给先生寄出这封信时，根本没想到先生会给我回信。信寄出后，我一边跟父母说了些先生的琐屑小事，一边想象着先生遥远的书房。

"下次去东京，给他带些香菇吧。"

"唉。不过先生会吃这种香菇干吗？"

"不是什么好东西，可也没人会特别讨厌，它不是吗？"

我总觉得把香菇和先生联系在一起有点怪。

接到先生回信时，我吃了一惊。尤其令我惊讶的是，信中并没什么重要内容。我想先生写这封信只是为了表达他对我的善意，想到这，这封简短的回信就让我感受到了巨大的惊喜。这毕竟是我收到的先生的第一封信。

说到第一封信，总会使人感觉我同先生一定有着频繁的书信往来。但事实并非如此，先声明在此。先生生前，我一共接到过他两封信。其中一封，就是现在这封简短的回信；后一封，则是先生死前特意为我写下的一封很长很长的遗书。

由于父亲病情的特质，他的活动必须格外谨慎，所以他下地后也几乎没怎么出门。一个天气特别暖和的下午，父亲到院子里去了。我怕万一出事，紧跟在旁，想让他扶住我的肩，父亲笑了笑未加理睬。

二十三

父亲百无聊赖，常常和我下将棋。我和父亲生性都很懒散，我们就在暖桌上放上棋盘和棋子，走棋时才把手从裹着的被子下伸出来。有时连棋子都弄丢了，在下一次对局前我们竟然谁也不知道，还是母亲从火炉的灰烬中发现，用火筷将它夹了出来。

"棋盘太高了，棋盘下还有脚托，放在暖桌上就够不着。还是将棋摆这儿最好，这样下起来才舒服，正适合懒散的人。再来一盘吧？"

父亲赢了必定会说再来一盘吧，输的时候也会说再来一

盘吧。总之，无论胜负，他都是个喜欢靠着暖桌下棋的男人。

起初我还觉得挺新鲜的，隐居式的娱乐给了我相当多的乐趣。可时日稍长，这点刺激就满足不了年轻的我了。我常常把握着"将"和"車"的拳头伸到头上，打起了呵欠。

我想起了东京的生活。在弥漫于心脏的血潮深处，我能听到一种"嘭嗒、嘭嗒"的持续不断的跳动声。我感到这不可思议地跃动的声响，在微妙的意识状态中，被先生的力量加强了。

我在心里把父亲和先生做了番比较。从社会的角度来看，这两人都是生死无足轻重的老老实实的普通人。从被人赏识这点看，无论什么角度他们都等于零。然而，下将棋的父亲，即便仅仅作为娱乐的同伴也已不能使我满足。而原本完全陌路的先生则是在闲逛中结识的，竟超越了娱乐交际产生的那种亲密，不知不觉中影响了我的思维。仅仅用"思维"这个词显得太冷漠了，应该说改变了我的心。甚至可以说，先生的力量进入了我的肉体，先生的生命进入了我的血液。提到这高度来说事，对于当时的我来说，也并不觉得有丝毫过分。我父亲是我的生身之父，先生不用说仅仅是一个外人。当这显而易见的事实摆在眼前，我却仿佛刚刚发现一个了不起的真理，感到了惊愕。

熬过了一段无聊的日子后，父母眼中的我也从原本宝贵的人，慢慢变得没什么新意了。凡是假期回家的人都体会过同样的心情吧，我想。最初一周被捧在手心，备受款待，过了这个高潮点，家人的热情就会渐渐冷却下来，到最后你就变成了有没有都无所谓的一样东西，被简单粗暴地处理了。此次，我也过了这个高潮点。而且我每次回家，都会带回一种父亲和母亲都难以理解的东京习气。正如过去把天主教的习俗带进信仰儒教的家中，我带回的习气和父母格格不入。我当然是尽量掩饰，但深入骨子里的这种习气，无论怎样掩饰都会被父母看在眼里。我感觉到了没意思，想着要尽早回东京去。

幸好父亲的病情还是老样子，没有恶化的迹象。慎重起见，我特意从很远的地方请来了专家，经过周密检查也没发现其他症状。于是我想要在寒假结束前稍稍提早离开家乡。我一提出要走，父母都反对，感情真是奇妙的东西。

"这就要回去啦？不是还早吗？"母亲说。

"再待上四五天也来得及吧。"父亲说。

我决定动身的日期没有改变。

二十四

回到东京，挂在门上的松枝不知何时已被摘下。街道上寒风肆虐，一点都见不到正月的新年气氛了。

我一回东京就去先生家还钱，还带上了前面提到的香菇。只带香菇上门显得有点奇怪，我将香菇装在一只新的点心盒子里放在夫人面前，解释说这是母亲专门让我带来的一点心意。夫人很客气地道谢。她拿起点心盒子正要往隔壁去，可能是盒子很轻让她有些惊讶吧。"这是什么点心呀？"夫人问我。从夫人天真的表情，能感受到她身上散发的那种极其清淡的孩子气。

对父亲的病情，先生和夫人都问了很多。

先生说："照你讲的情况看，现在应该没什么事了。不过，病到底是病，不能不放在心上。"

关于肾病，先生有许多我不了解的知识。

"这种病的特点就是虽然已经得病，却又感觉不到就不放在心上。我过去认识一个军官，就是这样被耽误了。死的样子让人难以置信，睡在一旁的妻子连救护的时间都没有。他夜里只叫醒妻子说有点难受，第二天早上就死掉了，妻子还以为他在睡觉呢。"

一直倾向于乐观的我立即感到了不安。

"我父亲也会这样吗？还真说不准呢。"

"医生怎么说？"

"医生说好是不能好了，不过眼下还用不着担心。"

"要是医生这样说，那就还行吧。刚才说的是个完全不上心的人，而且是个粗野的军人。"

我略微踏实了些。先生一直注意着我的变化，随后又补上一句：

"健康也罢，生病也罢，人都是很脆弱的啊。说不定什么时候出于什么原因就死掉了。"

"先生也考虑过这种情况吗？"

"就算身体再怎么结实，也未必不会考虑这种情况。"

先生的嘴边浮现出一抹微笑。

"不是经常有人猝死吗？另外，也有在非自然性质的暴力下，'啊'的一声转眼就没了的。"

"这非自然性质的暴力又是什么呢？"

"我也说不好，不过自杀的人都使用了非自然性质的暴力吧。"

"那么被人杀死，也算死于这种非自然性质的暴力吗？"

"被人杀死的情况，我还真没思考过。当然真要说起来，也算是吧。"

那天说到这里，我就告辞了，回到东京后我对父亲的病也不再觉得那么难过。先生那天谈到的自然之死、非自然暴力之死等等，也只在当时留下了一些淡薄的印象，之后便在我脑海里荡然无存。我想起了几度想要着手又放下的毕业论文，再不开动恐怕真不成了。

二十五

　　我预定那年六月毕业，这篇论文按常规四月底前必须完稿。一、二、三、四，我掰着手指数了数剩下的时间，觉得自己胆子还真是不小。别的同学早就开始搜集资料、整理笔记，看上去都忙得不可开交，唯独我还一个字没写。按原定计划，过了年就要大干一场，可刚一动笔就突然写不下去了。我抱着脑袋感到忧心忡忡。动笔前我只在想象中设定了一个重大问题，然后围绕它建构了粗略提纲。我开始缩小论文题目，同时为省去提炼自己见解的麻烦，只打算将参考书中的资料加以罗列，然后再附上与之相应的结论。

　　我选择的论文题目与先生的专业接近，开题时就征求过先生的意见，当时先生回答说"还不错吧"。慌张起来的我匆匆赶到先生家中，请教我接下来应该要读的参考书。先生尽其所知告诉了我，还说要借我几本必读参考书。可是关于我的论文内容，先生却毫无指导之意。

　　"近来书读得少，新知识不了解。最好去请教一下学校的老师吧。"

我突然想起夫人曾对我说过，先生有一个时期非常喜欢读书，后来不知什么缘故，他这方面的兴趣消失了。我把论文的事抛在一边，开口问道："先生为什么不像原来那样喜欢读书了？"

"谈不上什么为什么吧……只是觉得就算读再多的书，也不会变得怎么了不起吧。还有就是……"

"还有什么？"

"也算不上什么理由。过去要是被人问到又答不上来，会觉得很丢人，感觉很差劲。现在要是答不上来，也不觉得有什么丢人的。结果就这样，再也打不起精神去勉强读书了。简单说，就是老了吧。"

先生说得很平静。他的话中并未带有历经人世沧桑的苦涩，我也就没什么强烈的感觉。我就这样回去了。我并不认为先生老了，也没觉得他这番话有什么了不起之处。

那之后，我几乎像一个遭到论文诅咒的精神病人，两眼通红，内心苦恼。我向一年前毕业的朋友打听各种情况。其中有人告诉我，他提交论文那天是开车冲到教务室才没误点的。另一人说，他五点超过一刻钟才把论文送到，险些因为迟到被拒绝接收，多亏主任教官的宽容才算过关。我深感不安，但同时也沉下心来，每天趴在桌前竭尽全力干活。除此以外，我会钻进昏暗的书库，遍搜高耸的书架，两眼就像考古学家刨出古董时那样，扫描着书脊上烫金的文字。

随着梅花绽放，寒风渐渐向南而去。又过了段日子，关于樱花的话题也时不时地飘进我耳中。而我却像一匹驾辕的马笔直地面朝前方，被论文的皮鞭抽打着。直到四月下旬，论文按预定计划杀青。在此之前我没再踏进过先生家的门槛。

二十六

我获得解放，已是八重樱散去，枝头上探出朦胧嫩叶的初夏。我怀着小鸟出笼的心情，纵览无垠天地，自由地振动着双翅。我即刻去了先生的家。一路上，枳壳藩篱乌青的枝条飞着鲜嫩幼芽，石榴老枝上茶褐色的叶片闪烁着温润柔和的日光。目光所及，处处新鲜，就像我出生以来与它们初次相见。

先生看着一脸欣喜的我："论文都弄完了？不错呀。"

"托您的福，总算是弄完了。现在已经是无事可干啦。"我说。

真的，当时我的心情一片明媚。一切应做之事都已了结，从此开始就算纵情玩耍也无大碍。我对杀青的论文充满信心、十分满意，对先生喋喋不休地聊起了我论文所写的内容。先生的语气和往常一样，说些"原来如此""是这样吗？"之类，此外一概不予置评。我有点不满足，更有点泄气。尽管如此，那天我心气高昂，想要试着冲击下先生那循规蹈矩态度的底线。我诱惑先生去万物复苏的大自然中踏青。

"先生，去哪儿散散步吧？一出门您就会心情大好。"

"去哪儿呢？"

去哪儿都无所谓，我只想陪着先生到郊外走走。

一个钟头后，先生和我按我预想的那样离开了市区，信步走在非村非镇的僻静之处。我从篱笆上摘下了一片青涩柔软的叶子，吹响了叶笛。我有个朋友是鹿儿岛人，我总是模仿他这本事，也成了一个吹叶笛的好手。我得意地不停吹着，先生恍若未闻地向前走去。

走了一会儿，绿荫遮蔽的低矮灌木丛中闪现出一条小路。小路尽头的门柱上钉着"某某园"标牌，显然不是一处私人宅邸。先生眺望着平缓坡地高处的入口，说："进去看看吗？"

"是花圃吧。"我答应着。

我们在灌木丛中转了几圈，沿着坡路走到园子深处，左面有一座房舍。拉门敞开着，屋里空荡荡的，不见人影。房檐下摆着一只硕大的鱼缸，金鱼在里面游动。

"真是安静啊。不打招呼就进来，没关系吧？"

"应该没关系吧。"

我们继续向园子深处走去，依然看不见人影，杜鹃花怒放如散落的火焰。先生指着其中高处的橙色的一株说:"这是雾岛杜鹃吧?"

园子里种植了十多坪¹芍药,还没到季节,开花的一株也没有。芍药地旁架着陈旧的木台,先生摊开手脚在上面躺下,我坐在木台的一头点了支烟。先生仰望着蔚蓝清澈的天空,我被四周包裹着的一片嫩绿色深深感染。长久长久地盯着这大片的绿叶看,就会发现每一片绿叶都彼此不同,即便是同一株枫树,枝上枫叶的颜色也没有一片是相同的。轻风吹来,先生扔在杉树苗顶上的帽子飘落在地。

二十七

我连忙拾起那顶帽子,用手指掸着沾上的红土招呼道:"先生,帽子掉了。"

"谢谢。"

他半抬起身接过帽子,保持着一个似起非起的姿势,问了我一个奇怪的问题。

1.坪:日本常用的面积单位,1 坪约合 3.3 平方米。

"可能有点唐突，你家很有钱吗？"

"不是那么有钱。"

"大概有多少呢？请原谅。"

"要说大概，只有点山和田吧，钱可一点都没有。"

先生正式问起我家庭的经济状况，这是第一次。我可从来没问过先生家计相关的任何问题。从结识先生起，我就猜疑他为什么能这么闲散地活着，后来这个疑问也总是在心中萦绕不去。但我觉得把这么露骨的问题直接端给先生未免太冒失了，一直控制着自己。我正想休息下被绿叶弄得疲惫的双眼，心头偶然又飘过了这疑惑。

"先生呢，先生有多少财产？"

"你看我像个财主吗？"

先生一向衣着朴素，又是两人家庭，住房也谈不上宽敞。但他的生活在物质上是很宽裕的，就连我这局外人也看得很清楚。总之，先生的日常生活不算奢侈，但也绝不是那种没有余裕的拮据状况。

"不是吗？"我说。

"当然了，有点钱，但绝不是财主。要真有钱的话，就建个更大的房子喽。"

这时先生直起了腰，盘腿坐在木台上，用竹竿在地面上画了一个圈。然后，他就像一根手杖戳在那儿似的笔直地站了起来。

"不过，我原本可真是个财主呢。"

先生像是自言自语，又像是言犹未尽。我沉默着，没有打断他的话头。

"原来我可是个财主哟，你知道吗？"他又说了一遍，看着我露出了微笑。我还是没说什么，因为想不出适当的回答。见我没反应，先生转移了话题。

"你父亲的病后来怎么样了？"

对父亲的病情，过年后我就毫无所知了。每月从家乡同汇款一起邮来的短信，一向都是父亲亲笔所写。信里几乎从未提起过他的病情，字迹也很清晰，丝毫没有病人常见的颤抖的笔画。

"什么也没跟我说起，应该就是还好吧。"

"但愿如此吧，可生病到底是生病啊。"

"最终肯定还是会不行吧。不过眼下应该还好，不然不会跟我一句不提。"

"也许是这样吧。"

我把先生询问我家的经济情况和父亲的病情只当作是一般闲聊，随口问问而已。但是先生的弦外之音，显然存在把两者联系起来的意思。我没有先生的亲身感受，当然是不会想到这一层的。

二十八

"如果你家有财产，现在就应该着手处理妥当。我这是多管闲事了。趁你父亲头脑还清楚，把应该分到的那份先确凿拿下来怎样？万一你父亲出了意外，最麻烦的就是财产问题。"

"是哦。"

我并没有特别重视先生的这番话。我相信在我的家庭里，没有任何人会为此担忧。不单是我，父亲母亲都是这样。让我诧异的反倒是，先生这样的人居然会说出这么实际的话。出于对长辈的尊重，这话我没说出口。

"刚才说到你父亲过世，这样说要是让你不高兴，就原谅我吧。不过人总是要死的，不管他有多了不起，说不准什么时候就死掉了。"

先生的语气里流露出少见的苦涩。

"这些我根本没放在心上。"我解释说。

"你有几个兄弟？"先生问。

先生进而又问了我家族中的人数，有无亲戚，以及叔伯婶母的情况。

"都是好人吗？"最后先生这样问我。

"应该没什么坏人吧，都是些乡下人而已。"

"为什么乡下人就不能是坏人呢？"

先生的追问让我词穷，但先生没有容我细加思索。

"乡下人比城里人，反倒是更坏的。你刚才说了，你的亲戚里好像没什么坏人。但是，你想过这世上存在着一种叫作坏人模型里的坏人，这世界上肯定是没有的。平常看上去都是好人，至少也都是些普普通通的人。但可怕的是，一到关键时刻，这些人转眼就变成了坏人。万万不可大意。"

先生说到这里，还没有打住的意思，我也想接着说点什么。这时身后突然传来狗叫声，先生和我都吃惊地回头看去。

从木台一侧绕到背面种植着的杉树苗旁，生长着一片茂密的山白竹，覆盖了三坪左右的地面。一条狗从山白竹中露出它的狗脸狗背，冲着我们凶狠地吠叫。一个十岁左右的小孩奔过来喝住了狗。孩子戴着一顶带帽徽的黑帽子，绕到先生面前鞠躬行礼。

"大叔，您进来的时候房子里没人吗？"孩子问道。

"谁也没看到啊。"

"姐姐和妈妈都在后门那儿呢。"

"哦，有人在家啊。"

"是呵，大叔，能事先告知声再进来就好了。"

先生苦笑了下。他从怀里取出钱袋，将一枚五分铜币塞进小孩手里。

"告诉妈妈一声，我们在这儿稍微歇口气。"

小孩看上去很聪明的眼睛里浮满了笑意，他向我们点头。

"现在我是侦察队长哟。"小孩说着，穿过杜鹃花圃向坡下跑去，那只狗也高高卷起尾巴，在小孩后面追。过了会儿，两三个年龄差不多的小孩，也顺着"侦察队长"的方向跑了下去。

二十九

先生的话被这条狗和小孩打断没有说完，我也就未能完全听明白。先生对财产分割上的种种忧虑，当时的我也完全不存在。从我的性格和境遇来看，也是根本不会为利益关系而烦恼的。说起来，这或许是我还没有步入社会，抑或是从未身临其境的缘故吧。对于年轻的我来说，不知为何总把钱当成是一个遥远的问题。

先生的这番话中，我想寻根究底的只有一件事。那就是：人在关键的时候，谁都会变成坏人，这句话究竟是什么意思？单就这句话的字面意义而言，我也并非不能理解。但我想对这句话了解得更多些。

狗和小孩离开后，宽敞的嫩叶之园重新归于了静谧。我们仿佛被施加了沉默的定身法，良久都一动不动。晴朗天空的光彩随着时间流逝而消散，眼前的这棵树大概是枫树吧，它那枝头似乎将要滴落下来的轻盈的嫩绿色，也让人感到在渐渐暗淡下来。这时能听到远处货车被拖曳前行而发出的沉闷声响，我想象着村夫装载着绿植之类的东西去赶庙会的情景。先生一听到这声音，就像突然从冥想中苏醒过来似的立即站了起来。

"不早了，慢慢往回走吧。白天虽然变长了，可这么呆着出神，一会儿天就暗下来了。"

先生刚才仰面躺在木台上，后背沾满了尘土，我两手拍打着帮他掸掉了。

"谢谢，没沾上树脂什么的吧？"

"全都掸干净了。"

"这件外套前些天刚做的，胡乱弄脏了回去要被妻子责怪。谢啦。"

我俩又走到了缓坡旁的那座屋子前。我们进来时没见到人影，这时看见女主人和一个十五六岁的小姑娘对坐着，两人正在往线轴上缠着线。我们站在硕大的金鱼缸旁向她们打了个招呼："真是打扰了。"

"哪里哪里，太慢待了。"女主人答礼后，又为刚才先生给小孩钱道谢。

出门走过两三条街后，我终于忍不住开口问先生。

"刚才听先生的意思是说，任何人在关键时候都会变成坏人。这句话究竟有什么含义？"

"说到含义，其实没什么深意——不过是个事实而已，并非理论。"

"说事实也可以。我想问的是，先生说的这关键时刻，究竟指的是什么场合？"

先生笑了笑。那笑容似乎在表示，此刻谈话的氛围已然不再，他不愿意再热切深谈了。

"就是钱嘛。一见到钱，无论什么样的正人君子都会立刻变成坏人。"

对我来说，先生这回答因过于平淡而显得无聊。先生失去了谈兴，我也觉得扫兴，面无表情地快步向前走着。这一来，先生就有点跟不上了。他在后面叫道："喂，喂！"

"你看看你！"

"怎么了？"

"你的情绪啊。我就说了这么一句，你马上就翻脸了。"

我停下脚步转过身来等他，先生看着我的脸说。

三十

　　记得那时我心里对先生似乎感到有点厌憎。我们肩并肩走着，自己想问他的事也不再问他。也不知先生是否注意到了，根本看不出他对我这种心态有什么不安的样子，他仍像平时那样默默地迈着沉稳的步子向前走。我真有点生气了，想要说点什么刺他一下。

　　"先生。"

　　"什么事？"

　　"刚才在花圃里歇息，先生有点亢奋啊。很少见到先生亢奋，感觉今天见到了先生难得的那一面。"

　　先生没有马上回答。我觉得被我说中了，却似乎又没达到我的目的，不知道再怎么往下说了。这时先生突然走向道旁，在修剪得整齐漂亮的篱笆下，卷起了衣襟小便。在先生小便的间隙里，我就这样呆呆地站在一旁。

　　"啊，失敬了。"

　　先生说着又向前走去。我终于把想要难为先生的念头放下了。路上渐渐热闹起来。刚才一瞥而过的广阔梯田上的平面和斜面都不见了，路两侧取而代之的是排列整齐的房屋。但在许多宅院的角落里，依然能看见攀缘在竹架上的豌豆藤和金属网圈着的鸡，在远眺中显得闲静。从城里回来的驮马不断地与我们擦身而过。我被这景象吸引着，刚才还堵在胸口的问题也不知哪儿去了。当先生突然重新提起那话题时，其实我已早都忘记了。

"刚才我看上去真有那么亢奋吗？"

"虽说没那么亢奋，不过确实有点……"

"嗯，看出来也没什么，确实有点亢奋了，提到财产有关我就会亢奋。不知你是怎么看的，我是个执念很深的人。一旦受了别人的屈辱和伤害，十年二十年也忘不了。"

先生神情比刚才更显亢奋。但让我感到惊讶的绝不是他的语调，而是他向我所倾吐的这些话语的含义。听先生亲口说出这样的独白，从任何角度看，对我都是绝对的意外。我从未想象过在先生的性格中，竟然存在着如此执拗的一面。我一直相信先生是个更为柔软的人，而且我把先生的这柔软崇高化了，并在那儿扎下了我对先生仰慕的根。由于一时意气，我原想刺一下先生自我防御的盾，可在先生这番话面前，我变得渺小。

先生继续说："我被人欺骗过，而且是骨肉至亲的欺骗。我决不会忘记。在我父亲面前他们装好人，父亲还没死透就立即变身为不可饶恕的不义之人。他们给予我的屈辱与伤害，我从孩子时起就一直背负到了今天，大概要背负到死吧。这些是我死也不会忘记的。可是我没有去复仇。说起来，我现在的所作所为是超越了个人复仇层面的。我不单是憎恶他们，而且憎恶他们所代表的人类。这是一种普遍性的憎恶，真是够了。"

我居然连安慰的话也说不出口了。

三十一

那天我们的谈话就到此为止，没有继续发展下去。显然我对先生的态度感到了畏惧，失去了继续深入的勇气。

两人在市郊坐上电车，在车上几乎没说话。下车后不久就到了该分手的地方。分手时先生又变了。他语气比往常还爽朗地说："从现在起到六月是最快乐的日子，说不定也是你一生中最快乐的呢。打起精神好好玩耍吧。"我笑着向他脱帽致意。那时我看着先生的脸，心中疑惑：先生果真在内心深处憎恶人类吗？他的眼、他的嘴，哪处都并没有覆盖着厌世的阴影。

坦率说，在思想上我从先生那儿受益良多。但有时面对同样的问题，即便我想要受益，也常有无法接受的情况。和先生的谈话，经常在我尚不得要领时就宣告结束了。那天我们的郊外谈话，就是我记忆中不得要领之一例。

有一天，我终于不客气地向先生当面说了。先生笑起来。

"我脑子慢，不得要领也就罢了。可您明明知道答案，又不肯跟我讲清楚，这让我很为难啊。"我说。

"我什么也没有隐瞒啊。"

"您隐瞒了。"

"你不会是把我的想法、见解什么的跟我的过去搅和在一起，自己弄得一团糟吧？我虽然是个贫乏的思想家，但我从不向人隐瞒自己已经搞明白的想法，没有隐瞒的必要。当然，要把我的过去在你面前逐一诉说，那又是另一个问题了。"

"我不觉得那是另一个问题。正因为是先生的过往所孕育出来的思想，我才会这样看重它。如果把两者截然分开，那么这些想法对我几乎就毫无价值。先生只是给了我一个没有灵魂的玩偶，这我是不会满足的。"

先生惊讶地看着我的脸，拿着烟的那只手微微颤抖。

"你太大胆了。"

"我只是认真而已。我想要认真从您这儿接受人生的教训。"

"你是要揭开我的过去吗？"

"揭开"这个词，突然以一种可怕的声响刺进我的耳中。

先生脸色苍白。我感觉此刻坐在我面前的仿佛是一个罪人，而不再是平时可敬的先生。

"你是当真的吗？"先生盯着我追问，"我是因为过往的因果才不信任任何人的，也曾怀疑过你。只有对你，我不愿意去怀疑，你实在是太单纯了。我常想，在我死前哪怕有一个人能让我信任也好，能相信这人然后死去。你能成为这个唯一的人吗？你愿意成为这个人吗？你在内心深处是认真的吗？"

"如果我的生命是真的，那我刚才说的话也是真的。"

我的声音颤抖了。

"那好，"先生说，"那我就说。把我的过去，毫不保留都告诉给你。作为交换……不，那无所谓。不过我的过去也许对你没什么大的益处，也许你不听更好也说不定。以后吧——眼下还不能说，再等等。没有适当的时机，我是不会说的。"

我回到住处后依然还能感觉到压抑。

三十二

我的论文在教授眼里，并不像我自己评价得那么好，尽管如此论文仍然通过了。毕业典礼那天，我从行李中翻出散发着一股霉味的旧冬服穿上。在礼堂里排队时，人人脸上看起来都汗津津的，我裹在不透气的厚呢绒下热得难受。我站了好一会儿，手里捏着的手帕全都湿了。

典礼一结束，我就立即回去脱了个精光，裸着打开住处二楼的窗户。我把毕业证书卷成一个筒，从望远镜似的卷起的洞里远眺目所能及的世界。然后我把证书扔在了桌上，四脚朝天在房间正中央躺下。我躺着回顾了自己的过去，又想象自己的未来。这么一想，我感到这张区分过去与未来的毕业证书，是一张既有点意义，又毫无意义的奇怪的纸。

那天晚上，我受邀前往先生家吃饭。毕业那天的晚饭不能去别处吃，必须在先生家的饭桌上吃，这是以前就约好了的。

饭桌依照预定的那样摆在靠近客厅的走廊上，浆得又厚又硬的花纹桌布美丽、清爽，反射着灯光。每次在先生家吃饭，碗筷必定放在西餐馆似的亚麻桌布上，桌布也必定是刚清洗的，一片洁白。

"这跟衣领、袖口一样，如果脏了还用，不如一开始就用带点颜色的。想用白的就必须纯白。"

这么一说，先生还真有洁癖，书房都收拾得一片整洁。和邋遢的我一比，先生的这一特点就显得尤为鲜明。

"先生有洁癖呵。"我曾同夫人说。夫人回答道："他对衣服什么的，好像也没那么在意。"一旁听着的先生笑着说："这是精神性洁癖，我一直为此苦恼。仔细想来，简直就是

天性愚蠢。"先生所言的这精神性洁癖，是指俗话说的神经质，还是指理论上有洁癖？我分辨不清，夫人似乎也解释不好。

那晚，我同先生在这洁白的桌布前对面而坐。夫人把我们安排在左右两侧，自己占据了正对着庭院的座位。

"祝贺你。"说着，先生向我举起了酒盅。我对这杯酒并没感到怎么高兴。一个原因是，我并不会因为听到祝贺的话便喜形于色，此外先生说话的方式，也绝不是那种想要让我高兴起来的语调。先生笑着举着酒盅。我从他的笑容里，确认了其中并无恶意的讥讽，当然也没感觉到所谓"祝贺"的那种真情实感。先生的笑容似乎在告诉我，"人世间这种场合，总要说说祝贺的呀"。

夫人说："好极了。你爸爸妈妈一定会很高兴。"

我突然想起了病中的父亲，有了要尽快把毕业证书拿去给他看看的冲动。

"先生的毕业证书呢？"我问。

"我的啊，也许还放在什么地方吧？"先生问夫人。

"是哈，应该是收着的。"

两个人都不知道先生的毕业证书放在哪儿了。

三十三

吃饭的时候，夫人把坐在一旁的女佣打发到隔壁，自己为我们盛饭。这似乎是先生家招待私密朋友的习惯。头一两次我还感到不好意思，后来次数一多，也就不觉得把饭碗递给夫人有什么不妥了。

"要点茶，还是添点饭？你还真是能吃啊。"

夫人有时也说些不客气的玩笑话，其实我那天的食欲并没有夫人说的那么好。

"吃好了？近来你的饭量太小了呢。"

"不是饭量小，是天气太热吃不下了。"

夫人叫女佣过来收拾了饭桌后，又叫她把冰激凌和水果送上来。

"这是自己家里做的哟。"

在家无事的夫人，很乐意招待客人品尝自己亲手制作的冰激凌。我连吃了两杯。

"你快要毕业了，以后打算干什么呢？"先生问我。

先生把坐垫向走廊方向挪了下，背靠在隔扇的拉门上。

我只是想到自己毕业了，至于以后干点什么却毫无想法。

夫人见我回答不出，便问道："当教师？"

见我还是没有回答，夫人又问："那，去做公务员？"

我和先生都笑了起来。

"说真的，我还没想过要干什么。关于选择职业的问题，真是完全没有考虑过。究竟什么好，什么不好，自己不去试一下是不会知道的。所以我也不知道怎么选。"

"这么说起来倒也真是。到底是家里有钱啊，才能说得这么轻松，你看看那些穷人家的，就没法像你这样沉得住气了。"

我有朋友离毕业还有些日子，就开始寻找中学教职了。我心里默认了夫人的话，却这样说道："多少是受了点先生的影响吧。"

"没给你什么好影响啊。"先生苦笑着说。

"不过受点影响也没关系。之前跟你说过，趁你父亲还活着，一定要把你该得的财产分到手。不然的话，就绝对不能大意。"

我回想起杜鹃花开的五月初，同先生在郊外花圃院落深处的那番谈话，耳边又回荡起先生在归途中以激愤的语气对我说出的那些强硬言辞。那些言辞岂止强硬，简直堪称可怕。对于不知真相的我，它同时又是意犹未尽的。

"夫人，您家的财产很多吗？"

"你怎么问起这种事？"

"问先生他也不告诉我啊。"

夫人笑着看了眼先生。"那大概就是不值得告诉你吧。"

"大概得有多少钱才能像先生这样生活呢，您教教我，我回家跟父亲谈判时也好有个参考。"

先生看着庭院，若无其事地抽着烟。我自然就只能问夫人了。

"谈不上有多少吧。你呀，要只是过日子，这样那样都行吧。虽说怎样都好，但要是你什么都不做，那可真是不可以。像先生这样无所事事的……"

"我可不是无所事事。"

先生微微侧过脸来，否定了夫人的话。

三十四

我那晚过了十点才离开先生家。两三天内就要回家乡了，所以起身前说了些告辞的话。

"又有些日子见不上了。"

"九月间会回来的吧？"

我已经毕业，未必一定要九月回来。但我也不想在盛夏的八月回到东京，我并不需要把宝贵的时间花在求职上。

"大概要到九月前后吧。"

"那就祝你愉快了。这夏天我们说不定也得找个什么地方去，太热了。去的话再给你寄明信片吧。"

"要出去的话，准备上哪儿？"

先生淡然一笑："去不去还不一定呢。"

我正要起身，先生突然拉着我问："你父亲的病怎么样了？"说到父亲的病情，我几乎一无所知，心想既然家里没跟我说什么，应该就还行吧。

"这病不能看得这么简单啊，发展到尿毒症，就没法治了。"

我不知道"尿毒症"是什么意思。上次寒假在家乡见到医生时，完全没听说过这术语。

"还真是要放在心上呢。"夫人也说，"病毒要是窜入大脑，人就完啦。你呀，这可不是闹着玩的。"

无知的我虽然感觉有点糟，却仍然不介意地笑着。

"反正是不治之症了，再着急也没什么用。"

"要是真能这样想得开，那也就没啥了。"

夫人或许想起了因同样病症去世的母亲，低下头，语气也变得深沉下来。这让我也担心起了父亲的命运。

这时，先生突然对夫人说："静，你会死在我前头吗？"

"为什么？"

"也没啥为什么，就是随便问问，说不定我走在你前头呢。世上大多是丈夫先死，妻子在后，这好像已经是约定俗成了。"

"也没这么绝对吧。不过，男人的岁数总要比女人大些。"

"这就是丈夫应该先死的道理啊，所以我一定会比你先到那个世界去的。"

"可你是特别的呀。"

"是吗？"

"你这么结实，从来就没生过什么病不是吗？不管怎么说，还是我会走在前面的。"

"你会走在前面？"

"对，一定走在前面。"

先生看了看我，我笑了。

"可万一我走在前面的话，你该怎么办呢？"

"怎么办，这……"

夫人闭嘴不言了。想象失去先生的悲哀，似乎真有点刺痛了她的心。可当她抬起脸，神情又变了。

"怎么办？没办法啊，你说是吧？不是说黄泉路上无老少吗？"

夫人故意看着我，开玩笑似的这样说。

三十五

我刚站起来又坐下了。在谈话停顿之前，一直是他们两人在说。

"你以为呢？"先生问我。

先生先死还是夫人先死，本就不该是我来判断的问题。

我只好笑笑："我也不懂得命数啊。"

"这还真是命数呢。生出来的时候肯定就注定了岁数，谁也没有办法。你知道吗？先生的父亲和母亲差不多就是同时去世的。"

"是去世的日子相同吗？"

"哪能是同一天呢。可大体也差不多，是相继去世的。"

这对我是个新信息，我觉得有点奇怪。

"怎么会就这样同时去世了呢？"

夫人正要回答，先生拦住了她。

"别说这些了，没意思。"

先生故意啪哒啪哒地扇着团扇，转过头去看夫人说："静，我要是死了，就把这座房子送给你吧。"

夫人笑了起来："那顺便把地皮也给了我吧。"

"地皮是人家的，这可没办法。地价折算成家里所有的东西，都给你。"

"那可多谢了。只是那些外文书，给了我也没啥用啊。"

"卖给旧书店吧。"

"那能值几个钱？"

先生没说那能值多少钱，但他的话头总是围绕着自己的死这个遥远的问题。而且他还固执地假定，他的死一定会先于夫人。起初，夫人还故意做出无所谓的样子一问一答，可不知不觉间，女人敏感的心就伤感了起来。

"'要是我死了，要是我死了'，这都说了多少遍啦。行行好适可而止吧。别老是'我死了、我死了'的，这话题就到此为止，太不吉利了。你要是死了，一切都按你的意思办，这样还不行吗？"

先生看着庭院的方向笑了，再没说什么惹夫人不高兴的话。

我待的时间也太久了，便起身告辞。先生和夫人将我送到玄关。

"让病人多保重。"夫人说。

"九月再见。"先生说。

我道别后迈步走出了拉门。在玄关和院门之间有一棵茂盛的桂花树，它像要拦住我去路似的，在无尽的夜色中张开了枝杈。我向前走了两三步，望着黑魆魆^{xū}的被树叶覆盖的树梢，想象秋天必定绽放的桂花和它的香味。从一开始，我就把先生的家和这棵桂花树一起放置在记忆中，从不分割。我走到这棵树前，想到自己再次迈进先生家的门槛时，肯定已是秋天了。正在此时，刚才还穿过拉门格子照到这儿的玄关灯唰地熄灭了，先生夫妇已经回到了房间，我独自一人走进了门外的黑暗里。

我并没有马上回住处。回家之前，我还有些东西需要采买，被先生夫妇宴请撑胀的胃也需要消化，我向熙熙攘攘的大街信步走去。大街上夜色未阑，我在闲逛的男男女女中邂逅了一个今天跟我一起毕业的同学。他不由分说把我拉进一家小酒馆。在那儿我一直听着，他那喋喋不休的嘴里泛着啤酒的泡沫。

回到住处已经过了十二点。

三十六

次日，我顶着酷暑去采购家里托我买的东西。接到信中的采购清单时还不觉得怎样，一采购起来才发现极其麻烦。

我在电车里一边擦着汗，一边抱怨着这些乡下人，他们没有耽误别人时间的概念。

我不想白白度过这夏天，事先还拟定了"回家日程"这样的东西。为执行这计划，我必须搞到一些必要的书，于是决定在丸善书店的二楼消磨上半天。我站在自己专业相关的书架前，从一头到另一头，一册一册地挑选着。

采购清单里最让我难办的是女人用的半襟。我跟伙计一说，伙计就抱出来一堆。挑哪个好呢？一到要下手买，我就犹豫不决了。而且价格也叫人根本吃不准，以为便宜的一问却很贵，以为很贵没敢问的反倒是特别便宜。而且无论怎么比较着看，也闹不清它们是怎么定的价。我几乎被弄成了弱智，心里后悔为什么当时没有拜托一下夫人呢。

我买了个皮箱，当然只是日本造的低档货。虽然如此，那些闪闪发亮的金属配件，要镇住那些乡下人也已经足够了。这只皮箱是母亲让我买的。她在信中专门叮嘱，毕业后要买只新皮箱，把土特产什么的全都装在里面带回来。我读到这句话时不禁笑出了声。与其说我不能理解母亲的心，不如说这句话里透露出一种很特别的幽默。

跟先生夫妇告别时说过的那样，三天后我搭乘火车离开东京，回家乡去了。这个冬天以来，先生对于父亲的病情，给我讲了许多注意事项。作为最应该为此担心的我，却不知为何并未感觉到有多大痛苦。我反倒是想象着父亲过世后母亲会很可怜。在我内心深处，一定已经把父亲当成了注定将要死的人。给在九州的哥哥的信中，我也陈述了父亲实际已无康复可能的事实，希望他尽量在工作中腾出时间，能在今年夏天前后回来见上一面也好。我甚至写下了这样伤感的句子——"何况乡下只有两位老人，让人心里实在不安，我们作为儿子的又于心何忍。"我按照自己内心真实的情绪往下写，但写下之后，心情却又跟刚才书写时有所不同了。

我坐在火车上琢磨着自己内心的矛盾。想着想着，感觉到自己似乎是个易变的轻薄之徒，不免有些郁闷起来。我又想起了先生夫妇，特别是想起了两三天前吃晚饭时的那番对话。

"到底是谁先死呢？"

我自言自语地重复着那晚先生和夫人间的问答。对于这样的问题，我想谁也没有自信能给出正确答案。但是，倘若真的能清楚地知道谁先死的话，先生会怎样，夫人又会怎样呢？我想先生也好，夫人也罢，除了现在这种姿态，恐怕也不会有什么其他处理办法吧（正如父亲在家里慢慢等着死亡的迫近，而我却毫无办法一样）。在我看来，人生是无常易逝的，而人生中的束手无策和人与生俱来的草率，就是无常。

父母和我

両親と私

一

　　到家后，父亲的病情跟上次见到时并没多大变化，这有些出乎我的意料。

　　"回来啦。不错啊，只要能毕业就很可以了。你等下，我洗把脸就过来。"

　　父亲正在院子里干着些什么，为了遮阳，旧草帽后还系了一条脏兮兮的手帕，呼啦呼啦飘着。他转过身向后院的井台走去。

　　从学校毕业一般而言是理所当然的，我原本也是这样想，可父亲竟高兴得不得了。

　　在父亲面前我有些羞愧。

　　"只要能毕业就很不错了。"

　　这句话父亲翻来覆去说了好几遍。

　　父亲的喜悦，让我想到毕业典礼那晚在先生家吃饭，先生说"祝贺你"时的神情。我心里对两者做了比较。在我看来，嘴里说着祝贺心里却不以为意的先生，比似乎捡到宝而喜形于色的父亲显得更为高级。我对父亲那种无知的乡土气味感到了不快。

"大学毕业没什么了不起，每年毕业的人有好几百呢。"

我终于说了这样刻薄的话。父亲脸色变了："我的意思并不只是说你毕了业就好。能毕业当然好，我说的还有另一层意思，你要是能明白……"

我想要听父亲背后的意思，父亲却似乎不想再说下去了。

不过最后他还是说了："总之，对我来说这样就很好了。你也知道我病了，去年冬天见到你时，我以为顶多还能活上三四个月。不知交了什么好运，一直活到了现在，起居自由地活着。看到你毕业了，我心里头高兴。好不容易精心养大的儿子，在我活着的时候毕业了，比我死后再毕业，不是更叫我高兴吗？你志存高远，在你看来不过是大学毕业而已，我老是说'好、好'，让你觉得有点无聊吧？可从你爹的角度考虑下，立场就会有些不同了吧。你能毕业，我要比你更高兴。这你懂吗？"

我无言以对，无地自容地低下了头。父亲平静地意识到了自己的死亡，而且认为一定会死在我毕业之前。我完全没想到，自己的毕业竟在父亲心中有这么重的分量，我真是太愚蠢了。我从皮箱中取出毕业证书，恭恭敬敬地递给父母。

证书被什么东西给挤压得变了形，失去了原来的样子，父亲郑重其事地将它展开。

"这样的东西应该卷好，回家路上拿在手里。"

"在中间衬点东西就好了。"母亲在一旁惋惜地说。

父亲端详了一阵之后，起身走到壁龛前，把毕业证书摆在谁都能一眼看见的正中央。

要是从前，我一定会不耐烦地说点什么。这时我的生活态度却和自己迄今为止的全然不同，对父母没有产生丝毫的逆反之心，默不作声地听凭父亲摆布。曾被揉皱了的证书，总是不肯按照父亲的意思平整地展开，不管父亲是不是把它摆正了，一松手它马上就会重新卷起，倒了下来。

二

我把母亲叫到背地里询问父亲的病情。

"爸爸那么不在乎地跑到院子里干这干那，这样能行吗？"

"好像也没啥，大概是好了吧。"

没想到母亲很平静。作为一个远离城市、生活在森林和天与地中的普通女人，她对父亲的这种病情完全缺乏常识。可上回父亲晕倒的时候，她又是那样惊慌、那样担忧，这让我心里升起一股怪异的感觉。

"医生当时不是说过了，不管怎样都好不了了吗？"

"所以呀，没什么比人的身体更奇怪的了。医生说得那么严重，现在还不是照样结实能干？一开始我也担心呀，让他尽量别动，可你看，他就是那脾气。你叫他保养，他就跟你逞强。总觉得自己好了，我说的话他根本听都不听。"

我想起了上次回家时父亲硬要下地刮胡子。"已经没事啦，你妈大惊小怪。那可不行。"我想起父亲那时说的话，就觉得这事确实不能全怪母亲。我本想说："就算这样，也该在他身边多留点神。"也终于因为想到这，就什么都没说。我只是尽我所知，跟母亲说了些关于父亲这病的常识，不过大多也都是从先生和夫人那听来的。母亲并没有流露出特别被触动了的表情，只是说："唉，是同一种病啊，太可怜了。她是多大岁数没了的呀？"

没办法，我只好撇下母亲直接跟父亲说。他听得比母亲要认真。"果真是这样啊，你说的有道理。不过我这身子毕竟是我的，调理身体的养生法，经过那么多年我心里是最有数的。"父亲说。母亲听了不由得苦笑说："你看看。"

"别听他这样说，爸爸自己心里明白。这次我毕业回来，他那么高兴，就是因为他本以为不会活着等到我毕业。他高兴的就是在他还活着时能看到那文凭，这是爸爸亲口说的。"

"你呀，他不过是嘴上说说。心里根本就没把自己的病当回事。"

"是这样吗？"

"他觉得自己还能活上十年、二十年呢。嘴上又说些让人担心的话，什么'我这光景也不会太长啦''我死了你怎么办啊，一个人住在这房子里吗？'老是这么说。"

我眼前立即浮现出父亲去世后的场景，母亲独自一人生活在这陈旧、空荡的农舍里。这个家在父亲走了以后，我还能这样一走了之吗？哥哥会怎样说？母亲又会怎样说？这一来，我还能离开这块土地，到东京去过逍遥快乐的日子吗？看着母亲，我不经意间回想起了先生的提醒——趁你父亲还活着，要把该分掉的家产先分掉，拿到手。

"说起来呢，老说自己要死、要死的人是不会死的，我安心着呢。你爸爸总这么说，指不定还能活上多少年。比起来，那些什么也不说的身子结实的人，反倒不可大意哟。"

母亲的这说法，也不知是从什么理论和统计数据上得来的，我一声不响地听着她这番陈腐的唠叨。

三

　　因为我毕业了，父母和我商量起了做红米饭请客的事。我从回到家的那天起，就一直暗暗担心会发生这种事。我当即就拒绝了："那种铺张的排场就免了吧。"

　　我讨厌乡下客人。这些人凑到一起，目的无非就是吃吃喝喝，不管是为了什么都可以。我从小就讨厌招待这些人。一想到他们是为我而来，我更觉得难以忍受。可我当着父母，又不能明说不要招那些粗鄙的人来喧哗，只好托词说那样搞太浪费了吧。

　　"你总是浪费、浪费的，一点也不浪费。一辈子也不会有第二回呀。请点客是理所当然的，用不着那样顾虑。"

　　母亲把我的大学毕业提到婚姻的高度，相当重视。

　　"不请也不是不可以，可人家会说三道四的。"父亲这样说，他担心周围的人议论。

　　这些人一遇到这种事，要是接下来不符合他们的期待，马上就会议论纷纷。

　　"乡下不比东京，要麻烦得多啊。"

父亲又这样说。

"还有你爸爸的面子呢。"母亲又加上了一句。

我无法自作主张,心想就按两老的意思办吧。

"要是为了我,那就别办了,要是怕人家背后说闲话,那就随你们了。我也不是硬要怎样让你们为难。"

"你这样说就很为难了啊。"

父亲露出一脸苦相。

"爸爸并没说全是为了你,可你也该懂得一点人情世故吧。"

母亲这时就爱说些妇人之见,要是争辩起来,我和父亲加起来都不是她对手。

"有了学问,不能成为一个只认死理的人。"

父亲只说了这样一句。但我从这简单的一句话里,却窥见了父亲平时对我的所有不满。当时我并没有感觉到自己说话方式上有毛病,只注意到了父亲对我的不满。

晚上,父亲平复了心情,同我商量请客的话安排在什么日子合适。我无所事事闲散在家,日子合适不合适本来就无所谓,父亲如此折节下问,等于是向我让步了。我在表情和蔼的父亲面前低下了头。父亲和我经过商量,决定了请客的日期。

那个日子尚未来临,发生了一件大事,那就是明治天皇染病的通告。通过报纸立即传遍全日本的这一事件,在这间农舍中,将我那历经曲折刚刚定下的毕业庆祝一风吹了。

"哦，这作为理由推辞也不错啊。"

戴着眼镜看报的父亲这样说。

父亲沉默着，似乎在思考着自己的病。我则回忆起不久前的毕业典礼上，按惯例每年都要临幸大学的天皇陛下。

四

在这座人气贫乏而显得格外空旷的静悄悄的老屋里，我打开行李开始翻起书来。不知为何我的心总是沉不下来。而在那令人目眩的东京寓所二楼上，耳边虽然回响着远处电车驰过的声音，却仍能一页一页地翻着书，专心致志地认真攻读。

我时不时伏在桌上打起瞌睡，有时索性拿出枕头痛痛快快睡个午觉。睁开眼便是蝉鸣一片，这没完没了的知了声，急切地钻入我耳朵深处嘈杂着。我木然地听着，有时心中竟涌出一股悲戚之感。

我提笔给这个那个朋友写了些简短的明信片乃至于长信。他们有的留在了东京，有的返回了遥远的家乡，有的回了信，也有的音讯全无。我当然不会忘了先生。我把自己回到家乡后的情况，在原稿纸上用很小的字足足写了三页寄了出去。

我封上信时，心里猜测着先生是否还在东京。以往先生同夫人一起出门的时候，总会留下一个我不认识的五十左右的短发女人看家。我曾问过先生她是谁，先生却反问我："你看像什么人呢？"我误以为她是先生的亲戚。先生却说："我可没什么亲戚哦。"先生同还留在老家的亲戚们一向没有书信往来。我不认识的这看门女人是夫人那边的亲戚，同先生没有亲缘关系。信给先生寄出时，我心里忽然闪现出她背后松散地系着细腰带的身影。要是先生夫妇去什么地方避暑了，收到这封信后的这个短发老妪，会不会马上热心地把信转送到先生手上呢？我虽这样想着，但也知道自己的信里根本没写什么要紧的事。我只是感觉孤独，并盼着先生能够回信。但是回信却始终没来。

父亲不像我去年冬天回家时那么喜欢下将棋了。棋盘搁在壁龛的角落里，上面落满了灰。特别是天皇陛下染病后，父亲仿佛陷入了深深的沉思。他每天坐等报纸送来，来了自己先看，然后再特地把可看的消息带到我房间。

"你看看，今天天子的病情也写得很详细呐。"父亲常常把天皇称为天子，"说句僭越的话，天子的病症看起来也同爸爸的有点像呢。"

父亲说着，脸上笼罩着一层深沉忧虑的阴影。被父亲这么一说，我心里感到一阵不安，说不准什么时候父亲会倒下来。

"不过，应该不要紧吧。像我这样低贱的人，不也都还凑合活着吗？"

父亲一边自我安慰，一边预感到危险有可能降临自己头上。

"爸爸对自己的病真的害怕啦。他才没想着自己还能活上十年二十年呐，跟妈说的不一样。"

母亲听了我的话，表情显得有些疑惑。

"你劝他下盘将棋看看？"

我从壁龛中取出棋盘，擦去了棋盘上的尘土。

五

父亲的精神渐渐衰弱了。曾使我惊奇的那顶系着手帕的旧草帽，自然也闲了下来。每当我看见放在熏黑的搁板上的那顶草帽，就为父亲感到哀伤。父亲像过去那样略微活动时，我就会想他再当心点就好了。父亲呆呆地静坐时，我却又会觉得他已经像原来那样健康了。我常跟母亲谈起父亲的病情。

"全都是心情闹的。"母亲说。她一直把天皇的病情和父亲联想在一起。我却不认为只是这样。

"不是心情问题，是真的不好了。总觉得爸爸的身体在一点点坏下去。"

我这样说时，心里考虑着要不要从远处请高明的医生再来检查一下。

"今年夏天你也够倒霉的。好不容易毕了业，也不能好好庆贺一番。你爹的身子又这样，连天子都病了——还不如你一回来就先请客好啦。"

我回到家乡是七月五六号，父母提出要为我毕业请客庆贺，是我到家的一周以后。和父亲商量定下的请客日子，预定是再过一周左右的样子。对于难以忍受时间束缚的我，在回到了家乡后这段悠长的日子里，竟然因为时间的耽搁，把我从无聊社交的痛苦中解救了出来。不了解我的母亲，似乎丝毫也没注意到这一点。

天皇驾崩的通报传来时，父亲捏着那张报纸"哎呀，哎呀"地叫唤着。

"哎呀，哎呀，天子就这样西去了呀，我也……"父亲没有再说下去。

我上街买了吊丧之物。用黑绸包住旗杆头上的圆球，又裁了一条三寸宽的黑飘带系在旗杆上，从门旁斜插着挑了出去。没有风，旗帜和黑飘带无精打采地垂下来。我家旧门楼顶上铺的稻草，风吹雨打早就变了色，看起来灰扑扑的，处处显得凹凸不平。我独自走到门外，眺望着黑飘带和白绸中央托着一轮红日的旗帜，它飘扬在屋檐脏兮兮的蒿草上。我想起先生曾经问过我："你家的屋子是什么样式的？跟我老家的风格应该大不相同吧？"我很想请先生来看看我在此出生的这所陈旧的屋子，却又觉得让先生看到它我会感到羞耻。

我独自回到自己房间，在桌旁翻着报纸，想象着遥远东京的情景。我的想象聚焦在日本第一的大都会的画面上。它沉浸在一片巨大的黑暗中运转着，围绕着黑洞的这种运转一旦停止，整座都市就将变得不可收拾。在它令人不安的喧嚣中，我看见了先生家那一小点明亮的灯火。我不知不觉、自然而然地被卷进了那悄无声息的灯光的漩涡。当时我根本没有注意到，这点灯光用不了多久就将倏然熄灭，这注定的命运已经来到了眼前。

我想把在家乡发生的这些事写信告诉先生。拿起笔写了十来行就放下了，我把信扯成碎片扔进了纸篓里。（没有先生旅行地的地址写了也没什么用，上封信寄到东京后一直没有回音。）我是太寂寞了，所以才写信，盼着先生能写封回信来。

六

八月中旬前后，我收到了一个朋友的来信。信里说有个地方在招聘中学老师，问我是否去。这朋友出于经济原因，到处为自己谋求这样的职位。这工作本来是他为自己找的，后来他似乎又找到了条件更好的职位，所以特意写信给我，想把这多出来的职位让给我。我当即回信谢绝了。我跟他说，我有个很要好的朋友正费尽心思谋求一个教职，如果这职位能转让给他就太好了。

我回信后跟父母说了这事，他们对我回掉这职位似乎也没什么意见。

"就算不去那儿，也会有称心工作的。"

这句话背后，能听出父母对我期望过高了。

不明世事的父亲母亲，期待着刚毕业的我能拥有不一般的地位和收入。

"称心的工作？这两年好工作不那么好找啦。时代不同了，再说哥哥和我的专业也不一样，你们可不能把我和哥哥相提并论。"

"可你既然已经毕业了，要是还不能独立生活，家里也会感到很为难啊。别人问起来：'你家老二大学毕业了在做什么事啊？'我要答不上来，你让我这脸往哪儿搁啊？"

父亲阴沉着脸。以父亲的思维，他不会明白走出住惯了的古老乡村到外面去生活是怎么回事。当村里有人问他："大学毕业每个月能挣多少薪水？"父亲会说："差不多挣个百来元吧。"父亲为了应付这些人，让自己的名声好听些，总盼着刚毕业的我无论好歹能有个着落。

我觉得广阔的大都会才是我安身立命之处。可在父母看来，有这种想法的我，简直就像是想用自己的两只脚在半空中行走的怪物。其实，我偶尔也会想到，自己或许就是一个这样的人。我想要亮明自己的真实想法，可在思想差距过于悬殊的父母面前，我只能沉默。

"你老说先生、先生，不是可以去求求他吗，在这种时候？"

除此之外，母亲对先生一无所知。正是这个先生，他劝我回家后趁父亲还活着，将该得的财产尽快拿到手，他不是那种能为我毕业后解决工作问题的人。

"这先生是做什么的？"父亲问。

"什么都不做。"我答道。

我记得过去就跟他们说过，先生什么事都不做。父亲肯定也记得这一点。

"什么都不做，那又是为什么呢？既然是你那么尊敬的人，总该做点事情啊。"

父亲这么说，是在挖苦我。父亲的头脑里似乎有个定论：凡有用的人都在勤奋工作，并在社会上获得了相当的地位，只有黑社会流氓才是游手好闲的。

"就像我这样的人，虽说没薪水，可也没闲着不是？"

父亲又这样说。我还是一声不响。

"要是真像你说的那么了不起，一定能给你找个工作哟。

托过他吗？"母亲问。

"没有。"我答道。

"那怎么成呢。为什么不求求他？给他写封信寄去也好啊。去写吧。"

"嗯。"

我含含糊糊答应着，起身走开了。

七

父亲显然在担心自己的病。可医生每次来诊病，他又从未啰啰唆唆向医生问那些让人为难的问题。医生也有些顾忌没说什么。

父亲似乎在考虑他死后的事情，至少他想象着自己过世后这个家会是个什么样子。

"让孩子上学有好也有不好。好不容易供到毕业，孩子就再不回家了，好像上学就是为了骨肉分离。"

哥哥上学的结果是如今远在他乡，我又因为上学而决意去东京生活。培养出了这样的儿子，父亲发些牢骚也在情理中。这座长年久居的旧农舍里，只有母亲一人孤独地生活，父亲脑海中描绘着这幅画面，为母亲而倍感孤独。

父亲坚定地认为自己这个家不会发生什么变动，只要住在这儿的母亲还活着，一切都会依然如故。他内心很矛盾。父亲一方面为自己死后抛下母亲，让她孤单单地留在这个空寂的家中深感内疚，另一方面又非要我在东京谋取一个好职位。我对父亲的矛盾心态感到好笑，同时又为自己能去东京而深感快乐。

在父母面前，我不得不装出正在努力求职的样子。我给先生写了封信，详细讲述了家里的情况，并拜托先生若有什么我能做的工作，无论如何请代我物色。我写这封信时，就想到先生根本不会理睬我这种请托，但我总觉得先生一定会回我这封信的。

我写好信，在封口寄出前对母亲说："给先生的信写好了。是按您意思写的，您看看吧。"

如我预料，母亲并没有看。

"是吗？那就赶紧寄了吧。这种事就算别人不说，自己也早该办了才是。"

母亲似乎还把我当成个孩子，我自己也觉得确实像个孩子。

"光写信还不够哦，九月份不管怎样我得到东京去一趟。"

"说的也是啊。说不定碰巧有什么好工作呢，尽早拜托先生就不会错过了。"

"嗯。反正先生的回信是肯定会来的，到那时再说吧。"

在这点上我相信办事认真的先生，一心一意地等着先生回信。可是我的期待意外地落空了，过了一个星期先生依然音讯全无。

"大概到什么地方避暑去了吧。"

我不得不对母亲做些解释。不仅仅是对母亲，也是对我自己内心的一个安抚。我要是不假定一个牵强的理由为先生开脱，心里就会觉得不安。

我时常忘了父亲的病，想着不如干脆尽早去东京吧。连父亲自己也常常忘记他自己的病。父亲担心未来，又对未来不做半点安排。我一直没找到机会，按先生的忠告向父亲提出分家产的事。

八

到了九月初，我又准备动身去东京了。我要求父亲暂时还像以前那样给我寄学费。

"像这样老待在这儿，不可能找到您说的那种工作。"

我把要去东京，说得像是为了寻求父亲所期待的好工作。

"当然啦，只要我找到了工作，钱就不用寄了。"我又说。

我心中暗想，这样的好工作终究不会落到我头上。而父亲则对实情一无所知，始终认为情况恰恰相反。

"这么说来，也就是短时期内的事吧，总得给你想想办法，长期这样下去可不行啊，有了固定工作后就应该独立生活了。原本你从学校毕业，第二天就不能再依靠别人的帮助了。现在的年轻人哪，只想着怎么花钱，对怎么挣钱却一点也不考虑。"

除此之外，父亲还发了各种牢骚。其中有过这样一句："过去是育儿养老，现在都是育儿啃老呐。"

对这些话我只是默默地听着。

一通牢骚过后，我正想起身悄悄离开。父亲问起我什么时候走。在我当然是越早越好。

"让你妈给定个日子吧。"

"好吧，那就这样。"

那时在父亲面前我格外服帖。我想尽量不惹父亲生气，尽快离开乡下。

父亲又叫住了我："你一去东京，家里只剩下我和你妈妈了，又要冷清下来。我这身子骨要是结实也还好，可这副样子说不定什么时候就突然出个意外。"

我尽量安慰了父亲，然后回到放着自己桌子的房间里。

我坐在散乱书籍的夹缝里，反复回想着父亲惘然的神情和话。这时，我又听到蝉鸣声。这蝉鸣同我前段日子听到的不一样了，它带着叽咕叽咕沙哑的声响。夏天我回到乡下时，坐在沸腾的蝉鸣中发呆，时不时会怪异地感到一阵悲凉。我的悲凉感似乎和夏蝉激烈的鸣响一起，渐渐渗透进了我内心深处。每当这时候，我就一动不动地独自凝视着自己。

今夏回家以来我的哀愁渐渐变换了调子，一如夏蝉变身为秋蝉。我感觉到将我卷入其中的命运，正围绕着一个巨大的轮回在缓缓转动。我眼前不断浮现父亲孤寂的面容和话，又想起了寄出信后音讯全无的先生。先生和父亲这两个迥然相异的形象，也许是一种联想，也许是一种比较，两者竟然同时涌上了我的心头。

我几乎完全了解父亲的一切。如果失去了父亲，不过是父子情分上的遗憾。而先生的大部分经历我却并不了解。他答应过，会告诉我他自己的过去，却一直没有机会。总之，先生与我之间隔着一层淡淡的暗影，但我却怀着穿越这层阴影抵达光明之所的强烈冲动。如果断绝了和先生的关系，对于我将是莫大的痛苦。我让母亲看了看日子，定下了去东京的日期。

九

正当我要动身前往东京（我确切记得就是在动身前两天的傍晚），父亲突然又犯病了。那时我正在收拾装满书籍和衣物的行李，父亲在洗澡。给父亲搓澡的母亲大声叫着喊我。我跑去一看，父亲光着身子被母亲从后面抱起来。将父亲抱回到屋里时，父亲说他已经不要紧了。慎重起见，我坐在他枕边，一直用湿毛巾擦拭他的额头给他降温。吃完晚饭已经是晚上九点左右了。

第二天父亲的病情比预想的要好多了。他不听劝告，又自己走着去上厕所。

"已经没事了。"

父亲又重复起去年底摔倒时对我说过的那些话。那会儿还真像他说的那样，没出什么大问题。这回或许也会跟上次一样吧，我想。可医生依旧只是叮嘱，一定要小心，不肯把话挑明了讲。我心绪不宁，到了该动身的日子，却没有了想要动身去东京的心思。

"先看看情况再说吧。"我跟母亲商量。

"那就最好了，就这样吧。"母亲托付我。

母亲每看到父亲有了精神，又去院子又下厨房的，就不把父亲的病当回事。可遇到现在这种情况，她又心里发慌，六神无主。

"你今天不是要去东京吗？"父亲问我。

"嗯，稍稍延后了几天。"我答道。

"是为了我吗？"父亲又问。

我略感迟疑。倘若回答说是，似乎是在暗示父亲病得很重，我不想让父亲太敏感。但他似乎看穿了我的心思。"过意不去啊！"父亲说着把脸转向了庭院。

我回到自己的房间，看着收拾好的行李发愣。行李捆得很结实，随时可以提起来就走。我呆呆地站在行李前，犹豫着是否要把绳子解开。我怀着坐立不安的心情，又过了三四天。其间父亲又突然摔倒了一次。医生命令要绝对静卧。

"到底怎么回事啊？"母亲小声问我，尽量不让父亲听见。母亲的脸色看起来很沮丧。我准备给哥哥和妹妹拍电报。可是看看睡在床上的父亲，又几乎看不出什么痛苦，说话的样子就跟感冒了差不多，而且食欲也比往日大增。旁人的提醒规劝，他轻易听不进去。

"反正要死了，不吃点好东西死了也白死啊。"

这话我听起来又滑稽又心酸，父亲从没在能吃到真正好东西的大城市里住过。入夜后，拿块糯米饼烤一烤，咔嚓咔嘁唶着，就是他说的好东西了。

"怎么会这么渴呀？骨子里头还结实也说不定呢。"

母亲在失望中还抱着一线希望，她把重病中的干渴和父亲以往的能吃能喝混为一谈了。

伯父来探望时，父亲总是一再挽留着不让他走。太闷了，再聊会儿，这是他的主要目的。此外他还向伯父诉苦，倾诉母亲和我不给他想吃的东西，这似乎是他的另一个目的。

十

父亲的病在这样状态下维持了一个多星期。其间我给九州的哥哥发了封长信，妹妹那儿的信是让妈妈寄出的。说不定这就是向他们告知父亲病情的最后一封信了，我想。在给两人的信中，都写到了临终前会拍电报叫他们回来。

哥哥工作很忙，妹妹在妊娠期。父亲的安危没到迫在眉睫时，不宜轻易叫他们回来。可要是到了最后一刻再让他们赶来，万一来不及见上最后一面，肯定也会落下埋怨。掌握拍电报的时机，有一种旁人无法理解的责任。

"这种事我也没法准确说，不过随时可能有危险，这点敬请知悉。"

　　医生对我这样说，他是我从有汽车站的镇上请来的。我同母亲商量决定，托医生帮忙从镇上的医院里请一个护士。父亲见枕边有个穿白衣服的女人向他打招呼，露出了诧异的表情。父亲早就知道自己患了不治之症，可他并不觉得自己就要死了。

　　"这回病要是好了，我就去东京逛一逛。人啊，不知道自己什么时候就死了。有什么想做的事情，要趁活着时早点去做。"

　　母亲无奈地附和着："到时候也带我一起去吧。"

　　有时候，父亲又异常凄凉。

　　"我要是死了，就多照顾照顾妈妈吧。"

　　"我要是死了"这句话，唤醒了我的记忆。那是在我毕业的那个晚上，我即将离开东京，先生对夫人重复了好几遍同样的话。我脑海中浮现出面带笑容的先生，和捂住耳朵不愿听的夫人。那时先生所说的"我要是死了"，只是一句单纯的假设，而我此刻听到的这一句，却是随时可能发生的事实。我学不来夫人对先生的那种神态，但又不得不用些空洞的话来安慰父亲。

　　"别说这种丧气话。不是说等这次病好了，一定要去东京逛逛吗？同妈妈一起去。这回要是去了，您一定会大吃一惊的，变化太大了啊。光是电车新线路就多了好些，电车一通，街道马上就变了，再加上市区改造。东京一直在不停地变，可以说二十四小时里一分钟也停不下来。"

　　我无奈地把该说的不该说的全都说了，父亲听着似乎还挺满意。

　　家里有了病人，进出的人也自然多起来。附近的亲戚们差不多隔两天就有人交替着来探望。有些人还住得很远，平时也不大来往。"还以为怎么了呢，看样子不要紧啊。说话挺清楚的，脸上的福气也一点没见瘦下来。"有的人这样说过就回去了。我刚回到家时的那种过于静寂的冷清，因为父亲病倒，开始渐渐变得嘈杂起来。

　　躺着不能动的父亲，这期间病情径直向不乐观方向发展。我同母亲和伯父商量了下，终于给哥哥和妹妹发出了电报。哥哥说马上动身，妹夫也回话说就来。妹夫以前跟我们说过，妹妹上次怀孕流产了，这次为避免习惯性流产必须格外小心。也许他怕妹妹出事，自己会替妹妹来吧。

十一

　　在令人不安的日子里，我仍有静坐的余暇，甚至偶尔还能翻开书连续看上十几页。原来捆好的行李不知什么时候解开了，我索性取出各种要用的东西。离开东京前我曾下过决心，要在这个夏天里做日课，迄今完成不到计划的三分之一。我有过多次不愉快的经历，可像今年夏天这样，完全无法按预定计划推进的情况也是罕见。我知道这是世之常情，仍然感到烦躁和压抑。

我郁闷地坐着，思索着父亲的病情，想象着他死后的事。同时我又想起了先生。我将他们放置在我郁闷情绪的两端，远眺着这两个地位、性格和文化水平都截然不同的面容。

我离开父亲枕边，抱着胳膊独自坐在杂乱的书堆中时，母亲来了。

"睡会儿午觉吧，你也累坏了。"

母亲并不理解我的心情，我也不是她预想中的孩子。我只是简单地应了声，母亲依然站在门口。

"爸爸怎样了？"我问。

"看他睡熟了才出来的。"母亲答道。

母亲突然走进来在我身旁坐下，问："先生那儿还是没一点消息吗？"

母亲信了我那时说的。我向她保证过，先生一定会回信的。但我根本没想过，先生的回信就能满足父母的期待。这就像我在故意欺骗母亲似的。

"再写封信看看吧。"母亲说。

要是能让母亲感到安慰，无论写多少没用的信我都不怕麻烦。可把这种事情强加给先生，却让我很痛苦。比起挨父亲训斥、惹母亲生气，我更担心的是会被先生看不起。至今没能收到先生的回信，我心里推测，说不定就是这原因。

"再写信就没理由了，这种事也不是写信能讲明白的。怎么也得自己去趟东京，直接托付人家才行。"

"可你爸这副样子，你还不知什么时候能去东京呢。"

"所以我也不走啊。不管爸爸能不能好，在没理出头绪前我的事就先这样吧。"

"这话说得也是啊。这会儿谁能放着这么重的病人不管，自己跑到东京去呢。"

我暗暗可怜什么也不知道的母亲。让我不解的是，母亲怎么在这乱糟糟的时候又提起了这档事？就像我把父亲的病放在一边，能够安静地坐下来读点书，可能母亲也和我一样，她暂时忘却眼前的病人，心里还留下了一片空隙能想点别的事情吧。这时，母亲说："其实是……

"其实我是想，要能在你爸爸还活着的时候，从你嘴里听到工作定下来了，他也就安心了吧。现在看这样子，说不定还真赶不上了呐。不过还是试试吧，事情只要说出了口，运气就会跟着来。能让他活着的时候高兴高兴，也算尽到你的孝心了。"

可我处于无法尽此孝心的境遇里，这封信终于连一行字我也没给先生写。

十二

　　哥哥到家的时候，父亲正躺着看报纸。父亲的习惯是什么都可以放下，报纸不能不读。卧床后无聊就更爱读报了。母亲和我都尽量满足病人的愿望，没有强烈反对。

　　"精神不错嘛。还以为很严重了才赶回来，这不是很好吗？"

　　哥哥这么说着同父亲聊了起来。他那过于热乎的语调，我听着很不舒服。可离开父亲同我在一起，他转脸沉静了下来。

　　"不让他看报不行吗？"

　　"我也不想让他看啊，他非看不可。这没办法。"

　　哥哥默默地听着我的辩解。过了会儿说："看得懂吗？"他似乎观察到父亲因为患病，理解力比平时差了很多。

　　"这没问题。刚才我在他床头坐了二十来分钟，说了不少事情，一句胡话没有。看他那副样子，兴许还能维持好一阵呢。"

　　跟哥哥前后脚到家的妹夫，比我们更乐观。父亲这呀那的问了妹妹的情况，说："还是身体要紧，可别坐那晃晃荡荡的火

车。她要是硬挺着来看我，我反倒是不安了。"然后又说："等这回病好了，我就去看看小外孙，都太久没出门啦。"

乃木大将[1]死了的消息，也是父亲最先从报纸上看来的。

"不得了，不得了啦！"

我们不知怎么回事，被他这突如其来的话吓了一跳。

"当时我觉得他脑子越来越不行了，心里一凉。"事后哥哥对我说。

"我也大吃了一惊。"妹夫深有同感地说。

记得在那时候，报纸对于乡下的人来说就像每天必须守候着的大事记，我父亲靠在床头郑重其事地阅读。没工夫细看的时候，就悄悄带回自己房间，再一字不漏地通读一遍。身穿军装的乃木大将和他那穿着古典女官服饰的夫人，两人的身姿浮现在我眼前，迄今难以忘怀。

正当沉痛的风吹遍乡村各个角落，摇撼着似睡非睡的草和树，我突然接到了一封先生发来的电报。在我们这种小地方，狗看到西装就会狂吠起来，一封电报就是大事件了。接到电报的母亲，表现出确凿无疑的惊诧，特意把我叫到了没人的地方问："怎么了？"她站在一旁等着我将电报拆开。

电报上说他想见我一面，问能否过去一趟。意思很简单，

---

1. 乃木大将：乃木希典，长州藩藩士出身，日本陆军大将，积极推行对外侵略扩张政策。明治天皇殡葬之日，乃木希典和妻子双双自杀，以追随明治天皇。

我沉思了起来。

"一定是你托他找工作的事情呐。"母亲推测道。

我也觉得有这可能，可又觉得多少有点说不通。无论如何，我把哥哥和妹夫专程叫回来，却放着病危的父亲不管自己跑到东京去，这肯定不成。我同母亲商量后，决定回电不能去，并言简意赅地说明了父亲正病危中。发出电报后我仍放心不下，又写了一封细节详尽的信当天寄了出去。母亲认定那是先生替我找工作的事，十分惋惜地叹息道："真不是时候，没办法啊。"

十三

我写的那封信相当长，母亲和我都认为这次先生应该有回音的。果不其然，信寄出后的第二天，又收到了先生的一封电报。电报上只有一句"不来亦可"，别无其他。我把电报给母亲看了。

"恐怕他想写信跟你细说吧。"

母亲总以为先生是在为我这糊口的职位而奔忙。我觉得这或许也有可能吧，但如果从先生平时的为人看，无论如何这也太奇怪了。"先生在为我找工作"，这句话在我看来几乎是不可能成立的。

"我的信他肯定还没收到，这封电报是之前就发出的。"

我向母亲断言。母亲思索着什么，含含糊糊地应了一声："嗯，应该是吧。"在收到我的信前，先生发出了这封电报，即便这是事实，也完全无助于解释先生的意图。

那天正好是主治医生从镇上请了院长来会诊，所以关于这件事我和母亲也就谈到了这里。两位医生会诊后，给病人做了灌肠之类的就回去了。

父亲自从医生命令静卧以来，大小便就都躺着不动，靠别人收拾。父亲有洁癖，一开始对这事极为厌恶，可是身体不听指挥，最终不得不在床上解决。或许因为病情发展，他的头脑也渐渐变得迟钝，日子一长，大小便失禁也就变得全不在意了。偶尔弄脏了被褥，边上人见了皱眉，他本人反倒不以为意。这种病会让尿量变得特别少，医生也感到很棘手。食欲也日渐衰退，偶尔想吃点什么，也只是用舌头舔舔，只有极少一点能从喉咙里咽下去。连喜欢看的报纸，手都拿不住了。放在枕边的老花镜，也一直收纳在黑色眼镜盒里。父亲有个发小叫阿作，就住在一里地开外。阿作来探望时，父亲转动浑浊的眼球看着他："啊，是阿作吗？

"阿作，来看我真好啊。你那么结实真是叫人羡慕，我可不行啦。"

"哪有这事啊。你两个孩子大学都毕业了，得这么点病算得了什么。你看看我，老婆死了，连个孩子都没有，也就仅仅是活着而已啊。虽说身子骨硬朗点，可又有什么意思呢？"

灌肠是阿作来过两三天之后的事了。父亲非常高兴，说是托医生的福舒服多了，对自己的寿命也似乎增加了点信心，心情随之开朗起来。母亲在一旁不知是被父亲的情绪所感染，还是想给病人鼓鼓劲，把先生来电报的事也告诉了父亲，说得好像我的工作如父亲所愿，已在东京等我。我心乱如麻，又不能打断母亲的话，只能默不作声地听着。病人脸上露出了喜悦的笑容。

"那真是可以呀。"妹夫说。

"什么工作，还不知道吗？"哥哥问。

这一来我连否认的勇气都没了，自己也不知什么意思地含糊应答着，起身离开了屋子。

十四

父亲的病情发展到只等最后一击了，但它又长久地停顿于此，全家都在等候着命运的宣告。会是今天吗？会是今天吗？每夜上床时都会这么想。

父亲已丝毫感受不到身边人煎熬般的痛苦，就这点而言护理反倒轻松起来。为防止意外，大家逐一轮流值班，剩下的人就能有较多时间回到各自的铺上休息。有次不知为何我没睡着，恍惚间似乎听见病人在若有若无地呻吟，半夜从铺上一跃而起，不放心来到父亲床头看望。那晚是母亲值班。可母亲却躺倒在父亲身边，枕着自己的胳膊睡着了。父亲也像是被利索地放置在一场深度的睡眠中，显得非常安静。我又蹑手蹑脚地回到自己的铺上。

我和哥哥睡在一张蚊帐里。只有妹夫被当作客人，独自睡在另外的房间。

"阿关也挺可怜的，这些天拖累得他也回不去。"

妹夫姓关。

"他也不是那么忙的人，拖些日子应该没事。要是拖得长了，哥哥比阿关更为难吧。"

"为难也没办法啊，这跟别的事不一样。"

我同哥哥并排睡着，睡前就这么闲聊。我和哥哥心里都觉得父亲终归是没救了，也想到既然如此不如早些解脱，我们做儿子的似乎在盼着父亲的死。可是作为儿子，我们谁也不敢将这种心情在言语上流露出来，只是都很明白对方心里在想些什么。

"爸爸好像还觉得自己的病会好呢。"哥哥对我说。

父亲看起来也确如哥哥所说。附近乡邻来看望，父亲就非见不可，见了又总要表示一番遗憾，因为没能办我的毕业宴席，还不时地加上一句等他病好了一定补上。

"你这毕业酒宴没办成还真不错，我那时就没能坚持住。"哥哥的话勾起了我的回忆。一想起那些人被酒精灌得乱糟糟的场景，我就不由得苦笑，眼中苦涩地闪过四处张罗着劝吃劝喝的父亲。

我们的兄弟关系并不是那么友好，小时候常打架，年纪小些的我总是被弄哭。上学后我们所选专业的不同，也是因为彼此的性格迥然相异。我上了大学，特别是接触了先生后，从远处审视我这哥哥，总觉得他是那种动物性的人。我和哥哥长久不见，地理上又相隔甚远，时间和空间都让我们彼此疏离。这次在相隔甚久之后生活在一起，兄弟间的亲密感不知从何处又很自然地涌现了出来。主要原因是眼下的处境，是因为我们共同的父亲。在即将死去的父亲的床头，哥哥和我握手和好了。

"你以后打算干点什么？"哥哥问我。

我却答非所问，反问他："咱家的财产到底怎么处理才好？"

"我不知道，爸爸连提都没提过。不过虽说有点家产，也值不了几个钱吧。"

而母亲仍然像过去一样，为尚未收到先生的回音而郁闷着。

"信还没来吗？"她追问我。

十五

"老说先生、先生的，这人到底是谁？"哥哥问。

"前几天不是说过了吗？"我对哥哥有点恼火。他明明问过了，转脸就忘了别人跟他说过的话。

"问倒是问过。"他的意思是虽然问过了可是并不理解，我却觉得根本没有必要勉强让他去理解。他生气了，又露出了过去当老大的样子。

在哥哥看来，既然我"先生、先生"的，如此尊而重之，那么此人必须是个知名人士，至少也该是个大学教授吧。既没名，又什么都不做的人，价值体现在何处呢？在这点上，哥哥的心理同父亲如出一辙。父亲迅速断定，先生是个因为什么都不会所以才游手好闲的人；而哥哥的口吻却流露出一种鄙夷，他认为先生明明有能力但却依旧无所事事，这样的人只能是垃圾。

"egoist[1] 不行呐。想啥事都不干就活在世上，那不是太贪

---

1. egoist：利己主义者，以自我为中心的人。

婪了吗？做一个人就应该将自己的才能充分发挥出来，勤奋工作，不然都是扯淡。"

我很想问哥哥，你懂不懂你说的"egoist"这个词究竟是什么意思？

"不过，他要真能帮你找个职位倒也不错。爸爸不是也很高兴吗？"

后来哥哥又补充道。

没收到先生明确的来信，我也不信这事是真的，更没有勇气将这事说出口来。可母亲却先入为主地认定是这种情况，并向大家宣布了，以至于我根本无法否认母亲的话。用不着母亲催促，我一直在等先生的回信。我盼着这封信能带来众人期待的关于我职位的消息，要真有这消息就好了。在濒死的父亲面前，在为父亲多少能安心而一直祈祷的母亲面前，在认为不工作便枉自为人的哥哥面前，在妹夫、伯父、伯母面前，对于这我原本并不在意的事情，我简直伤透了脑筋。

当父亲呕吐出奇怪的黄色之物时，我想起了先生和夫人说过的危险情况。

"躺了那么久，胃口都躺坏了。"母亲说。我看着她一无所知的脸，泪水夺眶而出。

哥哥和我在茶室遇到，他问我："听到了吗？"他指的是医生临走时跟他说的话。不用解释，我早就明白了那意思。

"你没想过回到这，管管家里的事吗？"他回头看着我问。我什么也没有回答。

"妈妈一个人，什么事都没法弄啊。"哥哥又说，他似乎把我看成是个不惜与故乡草木同腐的人了。

"只是喜欢读书的话，在乡下也完全可以呀，而且也不必找什么工作了，这不正好吗？"

"按次序说起来，倒是哥哥该回来。"我说。

"我是能做这种事的人吗？"哥哥一口回绝了。

他的语音语调中，洋溢着要在这世上好好干一番事业的雄心。

"你要不乐意，家里的事也可以托伯父帮帮忙。但妈妈，咱俩总得由谁带走了照料才行啊。"

"妈妈愿不愿意离开这还是个大问题呢。"

父亲还没死，兄弟俩就开始合计起了父亲的身后事。

十六

父亲变得时不时说胡话了。

"我对不起乃木大将，真是没脸见人啦。不，我这就跟着您去。"

父亲动不动就说这样的话，母亲心里害怕，尽量把大家召集到床边守着。父亲清醒的时候感觉特别孤寂，也希望大家都在。尤其是当他环顾四周，见不到母亲身影时一定会问："阿光人呢？"即便不出声，他的目光也在倾诉思念。我常常起身去叫母亲。"有什么事吗？"母亲放下手上的活计走到病房里。父亲有时只是呆呆地看着母亲的脸，却什么也没说。以为他没事了，父亲却又扯起了毫不相干的事情。有时他会突然说："阿光，也给你添了不少麻烦啊。"母亲一听到这样温柔的话，必定瞬间泪崩，然后必定又会对照着回想起身子结实时的父亲。

"看你说这么可怜的话，你以前可是很凶残啊。"

母亲讲起父亲曾拿着笤帚抽打她后背之类的往事。这话我和哥哥都听过好多遍了，但这次听来心情却全然不同，母亲的讲述像是对父亲的一种怀念。

父亲远眺着眼前薄雾般的死亡阴影，可关于遗言之类的话却一句不提。

"趁着现在，是不是有什么要先问问他？"哥哥看着我说。

"说的是啊。"我答道。可我又想，由我们主动来问这些对病人好不好？我和哥哥下不了决心，去找伯父商量，伯父也颇为踌躇。

"要是他心里有话没说出来就死了，是个遗憾呐，可我们去催促恐怕也不妥吧。"

话题就这样含含糊糊地不了了之，病人随之陷入了昏迷。

一向无知的母亲还以为父亲只是睡着了，反而高兴地说："哎呀，能这么安稳地睡一觉，对边上人也帮了大忙了。"

父亲时而睁开眼睛，突然问"刚才坐在这儿的人是谁？""他怎么了？"等等。父亲的意识分裂成了明、暗两个部分。明亮的部分就像一条要将黑暗缝补起来的白线，隔着一定距离跳跃着，感知着周围的现实。母亲把他的昏迷误认为睡眠，也不无道理。

过了几天，父亲的舌头渐渐变得僵硬。就算说了些什么，也常常因为不知他意图的来龙去脉，很多话就不得要领。他刚开口时，声音还挺大，简直不像垂危的病人。我们也要用比平时大得多的音量，凑到他耳边对他说话。

"用冰敷着头会舒服点吗？"

"嗯。"

我同护士配合给父亲换下水枕，然后把装好新冰块的冰袋放在了他的额头上。护士把嘎吱嘎吱敲碎的冰块装进冰袋时，我将父亲发际线上支棱起的头发梳理平顺。正在此时哥哥沿着走廊进来，把一封信默默地递到我手上。我左手空着，接过信，顿时觉得有点奇怪。

这封信比一般的信件重得多，不是装在普通的信封里，也不是普通信封能装得下的。它用对半开的日本纸包着，胶水仔细地粘住封口。我从哥哥手里接过来时，发现它是封挂号信。翻过背面一看，背面笔迹工整地写着先生的名字。我腾不开手，就没马上打开看，顺手把信揣进了怀里。

十七

那天病人的情况看起来特别不好。我起身去上厕所，在走廊上迎面碰见了哥哥。

"上哪儿去？"他用哨兵似的语气叫住了我。

"情况不好，应该尽量守在边上才是。"他叮嘱说。

我也这样想，就依然揣着信又回到了病房。

父亲睁开眼看周围的人，问母亲这些人都是谁。这个是谁，那个是谁，母亲一一说着名字。每说一个名字，父亲就点下头。不点头时，母亲就会提高音量重复一遍："这是某某，你知道了吗？"

"谢谢，给你们添了不少麻烦。"

父亲这样说罢，随即又陷入了昏迷，围在床边的众人久久地默默注视着父亲。终于其中有个人起身去了隔壁，随后又一个接着离去。我是第三个离开的，回到了自己的房间，想要打开刚才揣进怀里的那封信。原本在病床边打开看也无妨，可那封信太厚了，显然无法站那儿一气读完，于是就抓紧这空当，出来办这件事。

我撕开纤维结实的包装纸。信笺的纵横格线上写着工整的字迹，看起来像一部文稿。为了便于封口，信笺被叠成了四折。我将有了折痕的洋纸反过来折了下，再将它展平，便于阅读。

我被震撼了。先生用了这么多纸和墨水，到底要跟我说什么呢？我一边留心着隔壁病房里的动静，一边开始读这封信。我预感到这封信没读完前，父亲那边一定会出事，至少哥哥或母亲，也许是伯父会来叫我过去。我没心思踏踏实实地读这封先生的手书，目光草草地扫过了第一页。现将这一页抄录于下：

"你曾问过我的过往，我没有勇气回答你。如今在你面前，我相信我已获得了说清往事的自由。不过等到你进京的时候，我这一般社会意义上的自由又将会失去。所以，在能说的时候不说，那么我的过往作为一种间接的经验，传授给你的机会就将永远消失。这样一来，我曾答应过你的诺言就成了谎言。无可奈何之下，本该亲口告诉你的，就用笔来告诉你吧。"

读到这里，我才恍然大悟，先生为什么给我写了这么长的一封信。我从一开始就断定，先生是不会为我的糊口职业之类操心的。可是一向厌恶动笔的先生，怎么又动了念，要将过去的那件事写成这么长的信来跟我说呢？先生又为什么不能等到我去东京呢？

"有了述说的自由我就告诉你，可那自由又将永远消失。"

这句话在我内心深处反复滚动，我却不解其意。一阵不安突然向我袭来，我正要接着读下去，从病房那边传来哥哥大声喊我的声音。我又惊恐地站起身，快步穿过走廊，向大家都在的病房跑去。我感觉到父亲终于来到了他最后的那一个瞬间。

十八

医生不知什么时候到了病房里，为了尽量让病人舒服些，正试着为父亲再做一次灌肠。护士昨夜太累了还在别的屋里睡觉，对护理不熟的哥哥正忙得手忙脚乱。他一见我来就说了句："帮下忙吧。"自己就坐了下来。我换下哥哥，把油纸在父亲屁股下垫好。

父亲的情况缓和了些。医生在床边坐了差不多半个钟头，确认了灌肠效果后，说了声过会儿再来就走了。临走时又特意叮嘱说，如果有事可以随时叫他。

这时我也从刚才似有异变的病房里退了出来，又想去看先生的那封信。但心情上却也没有感到丝毫轻松，在桌前将坐未坐之际，就觉得哥哥又要大声喊我了。这次要再喊我，那就是临终了，我的手情不自禁地有些颤抖。我下意识地一页页翻着先生的信，看到的只是嵌在格线中的工整字迹，却并无仔细阅读的从容，连跳着读的余裕也没有。我依次从第一页翻到最后一页，正想按着信件原来的样子叠好放在桌上时，接近结尾的一句话突然跳进我的眼帘：

"这封信落在你手里时，恐怕我已经离开了这世界，早就死了吧。"

啊？我大吃一惊，刚才还骚乱跳动着的心似乎忽地就冻结了。我立即倒回来往前翻，逐页逐句地倒着读了下去。我尝试着想要在瞬间就弄明白我必须知道的事情，一眼就将这封信的全部内容看到底。那一刻，我所谓必须知道的事情，仅仅只是先生的安危。至于先生的过去，他曾答应过要告诉我的那段灰暗的往事，在此刻对于我来说毫无意义。我一边倒着往前翻，一边将这封内容难以轻易理解的长信胡乱地折叠了起来。

我又来到病房门口看了看父亲的病情，病人床边意外地平静。母亲坐在那儿一副无依无靠深感疲惫的样子，我向她招了招手。"怎么样了？"我问她。母亲答道："现在好像平稳些了。"我走到父亲面前问："灌了肠，心情好点了吗？"父亲点着头，神志格外清晰地回答道："谢谢。"

我再次退出病房回到自己房间，边看着座钟边查阅着列车时刻表。我蓦然起身，重新系好腰带，将先生的信收进袖口，然后从边门走出了家。我情不自禁跑到医生家，想从医生那获得一个肯定的答复，我父亲还能坚持两三天吗？注射也好什么也好，无论如何帮我维持住。不巧医生不在家，而我心情纷乱，也没有在这傻等着医生回来的时间了。我立即上了黄包车，催促着向火车站赶。

我拿起一张纸片贴着车站的墙，用铅笔给母亲和哥哥写了一封信。信写得虽然极为简短，却总比不告而别要强些。我让车夫马上把这信送到家里，然后毫不迟疑地跳上了前往东京的火车。在咯吱咯吱摇晃的三等车厢中，我从袖管里取出先生的信，终于从头到尾地读了下去。

先生和遗书

先生と遺書

一

　"……我在这夏天收到过你两三封来信。你托我在东京帮你找个适当的职位，我记得是你第二封来信中提到的。我看过之后觉得确实该为你做点什么，至少也该给你回封信，不然就太抱歉了。但是坦率说，我对你这要求完全没有尽力。如你所知，与其说我交际面狭窄，不如说我在这世上过着独自一人的生活更恰当，帮你忙的能力我丝毫也不具备。但问题不在这。我当时正深陷在不知如何处置自己的境地中。就这样像木乃伊一样继续存活下去，抑或……当'抑或'这个词在我心里反复盘旋时，我的寒毛忽地竖了起来。就像在悬崖上疾驰而至的人，突然俯身看向那不见底的深谷，我害怕了。然后我就像许许多多的胆怯者一样，为自己的胆怯而深感郁闷。很遗憾，毫不夸张地说，像你这样的人对于那时的我几乎是不存在的。再深入一步，你的职位、你赖以糊口的收入，这些东西对我都完全没有意义，怎样都可以。我并不为此操心。我把你的信插进文件夹，依然抱臂沉思。家里有相当的财产，何必刚毕业就满嘴'职位、职位'地四处钻营呢？我怀着痛苦的心情，仅仅向远处的你投去了一瞥。对于你，没回信我就过意不去，为了解释清楚，我在此向你开诚布公。说这些尖刻的话，不是故意要激怒你。这封信你只要读下去，我相信你会明白我的本意。无论如何，在本该给你回信致意时却沉默以对，我在此向你谢过怠慢之罪。

"之后，我给你拍过电报。说实在的，那时我刚好想同你见上一面。然后如你所愿，为了你，把我的过去都告诉你。你回电说当时不能来东京，拒绝了。我很失望，久久凝视着你的那封电报。看来你觉得只拍电报太简略了，随后又写来一封长信，清楚说明白了你那时无法来东京的原因。我怎么可能认为你是个失礼的人？你又怎么能不顾父亲的重病离开家呢？而我忘了你父亲重病，在那时提出让你来东京才是不妥的——我拍那封电报的时候，完全忘了你父亲的情况。尽管你在东京时我还提醒过你，你父亲的情况很危险，千万不可大意。我就是个这么矛盾的人。与其说我脑子乱，不如说是我的过去迫使我成了这样一个矛盾的人。在这点上我对自己有充分的认识，你务必要原谅我。

"看到你的信——你的最后一封信时，我意识到自己干了件糟糕的事。我想回一封信向你道歉，可拿起笔却一行字没写又放下了。如果我要写，就应该给你写这一封信，而写这封信的时机还稍嫌略早，所以就干脆搁笔。我给你又拍了封'不来亦可'的简短电报，原因即在于此。"

二

"之后，我就开始写这封信。对于日常不动笔的我，自己的所思所想和事情的来龙去脉，写起来都力不从心，这让我很痛苦。我差点就放弃了这份承诺你的义务。几度搁笔，却欲罢不能。过不了一个钟头我就又想写了。也许这会让你觉得，重视履行义务是我的性格使然吧。对此我也并不否认。如你所知，我几乎是个与世无涉的孤独的人，在我这儿能称得上义务的所谓义务，环顾我自己前后左右的任何角落，都看不到它所扎下的根。有意无意间，我过着尽量缩减义务的生活。与其说这是我对义务冷漠，毋宁说是对它过于敏感以至于无力承受它所带来的刺激，这才使我变得像你看到的那样消极度日。一旦有所承诺而不能兑现，我就会感到很厌恶。就算是为了躲避这种厌恶的心情吧，我不得不再度拿起已经放下了的笔。

"而且，我自己也想要写下去，和义务无关我也想要写下我的过去。我的过去只是我的个人经验，不妨说它只是归我个人所有。不把它传授于人就死掉了，未免可惜，多少我还抱有这样的心情。但倘若所授非人的话，那么还不如把我的这些经历和我的生命一起埋葬为好。如果没有你这样的一个人存在，我的过去便终归只是我的，间接成为他人经验的可能性都不存在。在几千万日本人中，我只想把自己的过去对你讲述。因为你是认真的，你曾说过，你想要认真地接受人生中活生生的教训。

"我要将人世间黑暗的阴影无所顾忌地砸到你头上。你不能恐惧。紧紧盯着黑暗，从中攫_{jué}取能够对你有益的参考吧。我说的黑暗，当然是指伦理学意义上的。我是在一个讲究伦理的环境中出生的，又在伦理法则中被培养、成长起来。这种对人和社会进行深入考察的伦理思维，也许和现在大部分年轻人迥然相异。但无论怎样不同，它是我的自身之物，不是仓促间随意租来的衣服。所以我想，对于想要从此飞黄腾达的你，也许会有几分参考的价值吧。

"还记得吗？你常常和我讨论一些当代的思想问题，想必你也了解我的态度。我虽然从未轻视过你的见解，但也绝对达不到敬重的程度。你的思考没有任何背景，你虽有你的经历，但未免太年轻了。你常常让我笑起来，对此你也时不时地流露出不满的神情，最终你逼迫着我，要我把我的过去像画卷一样在你面前展开。那时起，我才从内心里开始尊重你，因为我看到了你无所忌惮地想要从我胸中攫取一种活生生之物的决心。你想立即剖开我的心脏，吮吸其中温暖流动的血潮。那时我还活着，不愿意就此死去，所以拒绝了你的请求，和你相约他日。现在我要自己来剖开我的心脏，把血淋到你脸上。倘若在我心脏停止跳动的那一刻，新的生命能够在你的胸中夺舍重生，那我就心满意足了。"

三

"父母双亡，是在我还不到二十岁的时候。记得我妻子曾对你说过，他们俩是患同样的病症过世的。当时让你感到了疑惑，她还解释说几乎是同时，其实是相继去世的。实际上，我父亲得的是可怕的伤寒，然后传染给了一旁看护他的母亲。

"我是他们的独子。家里很有钱，我自幼被富养着，豁达大方地长大。回顾以往，如果那时双亲没死，至少父母中能有一人在世的话，那么这种豁达大方的性格我想一定能持续到今天吧。

"父母走了，他们丢下了惘然的我。没有知识，没有阅历，分辨的能力也没有。父亲死时，母亲不在他身边。而母亲死时，连父亲已死的消息都没有告诉她。也许母亲领悟到父亲已死，也许母亲像当时身边人所说，以为父亲还活着，仍在期盼着他好起来，这些我都不得而知。母亲把一切都托付给了叔叔。她抬手指向正好在那里的我说：'这孩子，无论如何……'之前我曾得到父母的许可，准备去东京求学，母亲似乎是想跟叔叔再确认下。当她刚说出'去东京'时，叔叔马上接过话头回答说：'好的，这些你就绝对不用操心了。'母亲的体质似乎能够耐得住高烧，叔叔曾向我赞叹过，'真能扛得住啊'。但是，这果真就是母亲的最终遗言吗？现在想来，我仍然难以确定。母亲当然知道父亲得的是什么病，也知道自己是被这病给传染了。可她是否觉得自己一定会为此送了性命？这点我多少觉得有点未必。在如此高烧中母亲说的话，不管她说的时候条理多么清晰，但常常说完就忘得连影子都没有了。所以说……当然，问题并不在此。我想说的是，像这样读解现象、迂回地观察的秉性，我从那时起就已经完全具备了。这也是我从一开始就想要告诉你的。以此为例，与所面临的问题看似并无重大关联的叙述，也许会对你理解它带来更大的帮助。就请你带着这种想法往下读吧。这种秉性从伦理层面影响了我的行为举止，以至于此后我越来越怀疑人类的利他性。你要记住，也正是这种秉性，以强大的力量将我的烦躁和抑郁推向了极致。

"话题离开主线就变得难以理解了，我们言归正传。我还能够写这封长信，和其他与我处于同样境地的人相比，我想我多少还算是沉静的吧。世界进入了睡眠，不绝的电车声也消失了，窗外不知何时响起了秋虫可悲的低鸣，那是一种令人忍不住感觉置身于露水之秋的低微鸣响。对此一无所知的妻子在隔壁天真地安睡，我握着笔一笔一画地写着，笔尖沙沙作响。面对稿纸，我心情平静。也许是握不惯笔吧，笔画常常落到了格线以外，那并非我头脑混乱导致的。"

四

"总之，只剩下我一个人了。除了按母亲的叮嘱仰赖于这个叔叔外，我已别无他途。叔叔也接受了这一切，给了我所有的照顾。而且按照我希望的那样，筹划着让我去了东京。

"我到东京进入了高中。那时的高中生比现在要粗野、剽悍得多。我认识的一个校工在夜里斗殴，用木屐把对方的头都打破了。因为喝得高了，双方都打得非常投入，结果学校的制式帽子落到了对方手中。帽子衬里白色的菱形布片上，清楚地写着他的名字。这下事情麻烦了，那人差点就此收到警察给学校发来的公文。幸亏有朋友费尽周折帮忙斡旋，才算不予起诉了事。你们成长于如今文明的氛围里，听到这么粗野的行为一定会觉得特别愚蠢吧。实际上我也觉得很蠢。然而，他们身上却有一种现在学生所没有的质朴。那时我每月从叔叔那收到的钱，要比现在你父亲送来的学费少太多了（当然，物价也不一样），但我丝毫没觉得不够用。在众多同学中，我在经济上还绝不至于可怜到需要羡慕别人的地步。如今回想起来，毋宁说倒是属于被别人所羡慕的一方吧。除了每月固定的汇款，我还常常向叔叔要买书的钱（我从那时起就喜欢买书）和一些临时费用，可以随心所欲地花销。

"一无所知的我不仅信任叔叔，还常常怀着感激之情把他当作一个善人尊敬。叔叔是个企业家，还是县议员。记得因为这层关系，他好像和政党也有点关系。虽然是父亲的胞弟，但从这点看，性格的发展同家父却是大相径庭。家父是个笃实行事之人，对祖上的遗产珍而重之。嗜好是品茶养花之类，甚至还喜欢读点诗集什么的，对书画古董也颇有兴趣。家在乡下，叔叔却住在二里之外的市区。市区里旧家具店的人常常带些壁挂、香炉之类的古董来给父亲看。如果要一言以蔽之，父亲可以称之为 man of means¹ 吧，算得上是个有点风雅爱好的乡绅。就性情而论，他同豪爽的叔叔相距甚远，但两人的感情却又相当好。父亲对叔叔评价颇高，认为叔叔是个远比自己能干且可靠的人，还说像他自己这样继承了父母财产的人，原本的天赋才干就会变得迟钝，也就是说无须在世上继续奋斗，自然也就不行了。这些话，母亲和我都听他说过。父亲这显然是针对我说的，想着要对我有所启迪。'你也要好好记住。'父亲当时还特意看着我的脸说。这些话我迄今未忘。父亲如此信赖、如此赞赏的叔叔，我又岂能怀疑他呢？叔叔是一个值得我骄傲的人。父母过世后，我的一切都由他来照料，他已不仅仅是值得我骄傲，对我来说，他已成了一个不可或缺的必要的存在。"

五

"我第一次暑假回家，叔叔、婶婶已成了新主人，住在我父母过世后的祖屋里。这是我去东京之前就商量好的。家里

---

1. man of means：财主，有钱人。

只剩我一个人了，又要去东京，除此之外也没什么别的办法。

"那时叔叔跟市里许多公司似乎都有业务来往。如果从业务经营上说，他住在市里比搬到二里地外的我家，肯定是要方便得多。这是在父母过世后，我去东京前跟叔叔商量如何处理祖屋时，从叔叔口中流露的回答。我家相当有历史传承，在当地小有名气。你家乡的情况也是这样吧？在乡下，有来历的家族在有继承人的情况下，将祖屋变卖或损毁是个大事件。要是放到眼下，这点事我根本不会放在心上，可当时我还是个孩子，要到东京去，祖屋又不能就这样空置着，如何处理确实难倒我了。

"叔叔无奈之下，答应搬进我的空宅。但他提出市里的住房也必须保留，这样他就可以两头跑跑，不然就太为难了。我对此当然不持异议。不管什么条件，只要能去东京就行。

"离开故乡后，孩子气的我，内心深处对故乡的家依依不舍。就像路上的旅人，心里明白世上某处还有一个自己能够回得去的家园，对此充满了眷恋。尽管我终于来到了我那么喜欢的东京，放假回家的心情却依然极为强烈。我沉湎于学习和游玩之余，常常梦见我那放了假就能回去的故乡的家。

"不知我离家期间，叔叔是怎样来往于两地居住的。我到家时，叔叔全家人都聚集在一间屋子里。上学的孩子恐怕平时都住在市里，放了假叔叔才带他们到乡下来玩的吧。

"大家见到我都很开心。我看到家里反而比父母在世时更加热闹，变得生机勃勃，也很高兴。我原来住的房间被叔叔的大儿子占领了，叔叔把他赶了出去，让我住。其实家里的空房间还有不少，我说住别的屋子也可以。叔叔不答应，他说'这是你的家嘛'。

"除了时常怀念故去的父母，没有发生任何不愉快，我和叔叔一家共同度过了这个夏天之后，又回东京去了。在这夏天里，唯有一件事在我心上投下了一层薄薄的阴影，那就是叔叔和婶婶异口同声地劝我结婚，而我那时才刚刚进入高中。这事他们前后说了三四次。第一次因为事出突然，我感到有些惊诧。第二次果断拒绝了。当第三次再提起时，我不得不反问他们催我结婚的理由是什么。他们的意思很简单，早点娶个媳妇回家，也好续上我父亲的香火。家的存在意义，对我来说只要放假能回来就可以了。要接续家父的香火，为此必须先娶个媳妇，这两条听上去都很有道理。特别是我熟知乡下的习俗，完全能理解，我也绝对谈不上对此反感。可我刚到东京求学，总觉得那像是从望远镜里看出去的一样，是极为遥远的事。我没有答应叔叔的要求，接着就离开了家乡。"

六

　　"提亲的事到此为止我就忘了。我看着身边来来往往的青春洋溢的面孔，没一个能看出背负着家庭的痕迹。人人都是自由的，而且看起来都是'单身狗'。在这欢乐的人群里，如果真正深入进去，或许也有为家庭情况所迫而成家的吧，然而孩子气的我对此却无法分辨。不过就算有这样的人，身处这样特殊的环境里，也会顾及周边氛围，尽量谨慎，不去涉及那些与学生生活无关的隐情。事后回顾，我自己实际上应该已经归在这一组人群中了，只是当时我却毫不自知，仍像孩子似的在求学之路上大步向前。

　　"学年末，我又捆起行李回到埋葬着父母的乡下。同去年一样，曾住着父亲母亲的家里，又见到了依然如故的叔叔、婶婶和他们的孩子。在这里，我再次嗅到了故乡的气息，那气息也和过去一样令人眷恋。哪怕它只是为调剂一学年的单调生活而存在，那也绝对是值得感谢的。

　　"就在这哺育我长大的同样的气息中，叔叔突然又把婚姻问题摆到了我鼻尖前。他把去年劝我的话又重复了一遍，理由也同去年一样。唯一的区别是，上次谈的时候没提到具体对象，这次却明确提出了一个重要的当事人，这让我非常为难。这个重要当事人就是他的女儿，我的堂妹。

"叔叔说，娶这女子对双方都便宜，我父亲生前也说过这样的话。我也觉得这样固然双方便宜，父亲跟叔叔这样说过或许也有可能。但关于这桩亲事，我是听叔叔这么一说才意识到的，之前毫无踪迹可循，我太意外了。虽然意外，但叔叔的想法也在情理之中，这我完全理解。我这人可能有些迟钝，或者说我就是个迟钝的人，但更主要的是我对这堂妹从来没什么感觉。从孩提时起，我就常去市里的叔叔家玩，还常常住在那里，那时就跟这个堂妹很亲。你应该也有所了解，兄妹间没什么恋爱成功的案例。也许我这只是从一般公理出发进行的主观推论，朝夕相处过于亲近的男女之间，会失去恋爱所必需的新鲜刺激。正如香的感受只在焚香的那一刹那，酒的回味只在入口的那一瞬间，爱的冲动也只存在于临界的那一点上。一旦平静地度过了这一阶段，彼此间越来越熟悉，增加的就只是彼此的亲情，爱的神经也会随之渐渐麻痹。我反复思索，仍然找不到将这个堂妹娶为妻子的感觉。

"叔叔说，如果按我的意思，婚事推迟到我毕业后也可以。但俗语有云'为善宜速'，可能的话就趁现在不妨先把喜酒给办了。既然我对当事人没感觉，那早办晚办也就是一回事了。我仍然拒绝了。叔叔的脸色不好看了，堂妹哭泣起来。她并非因为不能嫁给我而难过，而是作为女人，被人拒绝了求婚感到痛苦。我很清楚，正如我不爱她，她也并不爱我。我又到东京去了。"

七

"我第三次回到家乡，是那之后又过了一年的夏初。我总是等不到学年考试结束就逃离东京，故乡于我就是如此令人眷恋。你也有这种感觉吧？生养之地空气的颜色是不一样的，土地的气味也别具一格，洋溢着浓烈的对父母的回忆。一年之中，七、八两个月被包裹在这样的气息中，像钻入洞穴的蛇那样一动不动，对我来说这就是无比温暖的好心情。

"关于和堂妹结婚的事，我天真地以为完全没必要为此头疼。自己不喜欢的事予以拒绝，我相信只要明确拒绝了就一切终了。所以我没有按叔叔所期待的那样委屈自己的心意，仍然觉得若无其事。过去的一年间，我从没为这件事烦恼过，和过去一样高高兴兴地回到了家乡。

"但这次回来，叔叔的态度变了。他没有像过去那样一脸笑容，想要把我亲热地搂进怀里。尽管如此，在到家后的四五天里，自幼粗放的我对此竟毫无察觉。一个极为偶然的时刻我忽然感觉到了奇怪。而一旦感觉到，就发现奇怪的不仅仅是叔叔了，婶婶、堂妹也很奇怪，连叔叔的儿子也同样如此。他中学毕业后想要报考东京的高等商科，还曾给我写信打听相关情况。

"我的天性使我不能不进行思考，为什么我会突然感觉到这种奇怪的变化？不，是他们为什么变得这样奇怪？我猜想是父母在天之灵洗清了我浑浊的眼睛，让我一下子看透了这社会。在内心深处，我一直坚信父母虽已猝然离世，但他们仍会像活着时那样给我以爱。就本性而言，我并不是一个非理性的蒙昧者，但从先祖遗传而来的那团迷信，却仍然强有力地蛰伏在我的血液中，恐怕现在依然蛰伏着吧。

"我独自进山，在父母的墓前跪下。一半是哀悼，一半是感谢。我似乎感觉到在这冰冷的墓石下，我未来的幸福仍然紧握在他们手中。我祈求他们守护我的命运。也许你会笑话我吧，我自己也笑了。但没办法，我就是这样的一个人。

"我的世界发生了翻天覆地的变化，这种感觉我并不是第一次经历。在十六七岁时，我第一次在人世间发现了美之为美的事实，也感受到过同样的震撼。我不知多少次怀疑自己的眼睛，把眼睛揉了又揉，在心中叫喊着：'啊，太美了！'十六七岁，无论男女都是情窦初开之时。春情萌动的我，第一次目睹了人世间美的代表，也由此第一次意识到世界上存在着女人这回事。那时为止我对异性还从未稍加留意，突然之间我瞎了的眼豁然睁开，天地从此完全变成了一个新世界。

"我感受到叔叔的态度，内心发生的变化与此完全相同。突如其来，没有任何预兆和准备，无意间就降临了。他和他的家庭，不知不觉在我眼里就呈现出了截然不同的形态，我颇为愕然。照这样再继续进行下去，我担心我的未来将会变得难以捉摸。"

八

"之前听任叔叔处理的家产如果不弄清详情，我觉得对不起死去的父母。叔叔总是自称劳碌命，每晚都不睡在同一个地方。常常回家两天、市里三天，两头跑，一日赶一日地神色仓皇地过日子。'忙'也成了他的口头禅，时不时叨念着。没有怀疑他的时候，我觉得叔叔真的很忙，还替他解嘲说，忙才是最时尚的！可当我要花点时间和他谈谈财产问题时，再看他这副忙碌的样子，就觉得那不过是他想要躲避我的借口。我很难有机会抓住他。

"听传闻说叔叔在市里包养了一个小老婆，这是一个中学时的朋友告诉我的。养小老婆这种事发生在叔叔身上原本不足为奇，但父亲在世时却完全不曾听说过，我有点吃惊。这朋友还跟我说了不少和叔叔有关的流言，其中一条让我对他的怀疑大幅提升。有段时间里大家都觉得叔叔的业务眼看着就要黄了，可就这两三年里却又快速变得兴旺起来。

"我终于同叔叔展开了谈判。也许'谈判'这个词不大妥当，但就谈话的进展而言，除了'谈判'这个词，已无法形容，自然而然就形成了这局面。叔叔总想把我当个蒙昧的幼童来处理，我又是第一次以猜疑的目光面对他，平安稳妥地解决已不可能。

"很遗憾我无法把谈判的来龙去脉在这里向你详细叙述，因为我急着想要往下写。有远比这更为重要的事情在前面等我，我的笔颠簸着早就想要奔向那里，我尽全力才勉强控制住了它。我永远失去了同你面对面平静谈话的机会，不仅握不惯笔，从珍惜时间的意义上说，一些想要写下的事也只好略去。

"还记得吗？我曾跟你说过，这世上并无铁板钉钉的坏人，很多好人在关键时刻突然会变坏作恶，因此不可不防。当时你提醒我说我有点亢奋了，接着你又问我善与恶在什么情况下会相互转换。我只对你说了一个字，钱！当时你满脸不高兴的样子，我对你这满脸的不高兴至今仍然记忆犹新。现在我可以对你开诚布公了，那时我心里想的就是叔叔的事。这是一个普通人见钱起意转瞬为恶的案例，也是这世上不存在足以信任之人的案例，我是带着憎恶对我这叔叔进行了思考。我的答案对于想要深入探讨人性的你来说，也许显得肤浅，也许显得陈腐，但就我而言它却是活生生的。你觉得我现在依然还亢奋着吗？与其用冷静的理智来分析一桩新鲜事物，远不如用灼热的舌头和平凡的语言来讲述它更为生动。我坚信这一点。肉身在血的力量下运动，语言也绝不仅是空气振动的传播，还存在着更为强大的事物在背后强力推动着它。"

九

"一言以蔽之，叔叔骗走了我的家产。在我去东京的三年间，他轻易从容地弄到了手。我坦然地将一切全都委托给了叔叔，在外人看来简直是蠢透了。但从超越世俗的层面来评价，我又何尝不是一个纯洁高贵的人呢。回顾那时的我，我为自己为何不能生来就更坏一点而痛悔不已，我简直太天真

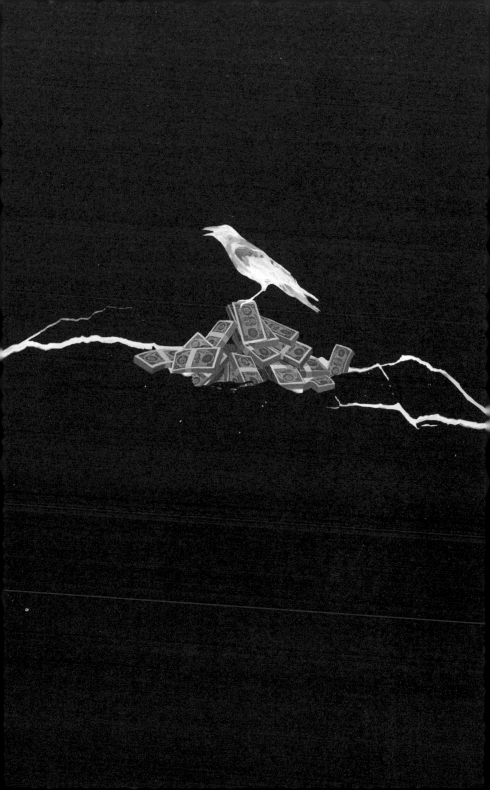

了。可我又是多么想回到自己刚出生时的那种状态，再活一次看看啊。你要记住，你所认识的我，是被尘垢所污染之后的我。如果是以肮脏年数之多寡来论辈分的话，那么我的确就算你的前辈了吧。

"假如按叔叔所期待的那样，我同他女儿结了婚，那么结果在物质方面会对我有利吗？这是想都不要想的事。叔叔硬要把女儿嫁给我，只是他的策略。向我提出结婚这问题，与其说是出于两家便利的算计，不如说他是被更为卑劣的利欲心所驱使。我只是不爱堂妹，并不厌恶她。事后我想，拒绝婚事就我而言多少还是愉快的。虽说遭到了欺骗，无论我怎么选结果都一样，但从被欺骗者的角度看，我没娶堂妹，没上他的道，没按他设计的意图发展，在这一点上，我还是稍稍贯彻了一点我的自我意志。当然这些几乎都是微不足道的细节，特别是对于跟这事毫无关联的你来说，一定会觉得我蠢得够呛吧。

"我和叔叔间的争执，其他亲戚也介入了。这些亲戚我全不信任。不仅不信任，还抱着敌意。当我醒悟到叔叔在欺骗我时，我认定他们一定也是想着要来欺骗我。就连父亲那么赞誉有加的叔叔尚且如此，遑论他人？这就是我的逻辑。

"尽管如此，他们还是帮我把该归我的全都收拢到了一起。如果折算成金额，比我预期的可要少得太多了。我只有两个选择，或者沉默地接受这结果，或者把叔叔告上法庭。我既愤怒又犹豫。一旦启动诉讼程序，到结果出来，恐怕得花费很长的时间。我正在求学，作为学生，宝贵的时间被夺走是非常痛苦的。我权衡之下，托付在市里的中学朋友帮忙，将我接收的家产全部折现。他劝我不这样做更为有利，但我没听他的。那时我已下了决心永别故乡，立誓再也不见到叔叔的那张脸。

"离开故乡前，我又去了父母墓前祭拜。从那以后我再也没见过双亲的墓，永远也没有再见的机会了。

"我的老友照我的要求办妥了，不过那是在我回到东京过了很久之后的事。想在乡下卖地，也不是那么容易的。一旦被人发现了卖主急于变现，价格就会崩坏。我实际所得到的金额，同时价相比差了许多。坦率地说，我离家时的全部身家，只有怀里揣着的若干公债，还有就是后来这位朋友送来的钱。作为父母的遗产，一定比原来少得多，且这亏损并非出于我的主动行为，这让我心里尤其郁闷。但对于一个学生的生活来说，那就太充裕了。老实说，这些钱生出的利息，之后我连一半也没用完。我这阔绰的学生生活，却让我深陷进了一个完全意想不到的境地。"

十

　　"财务上自由了，我就想要搬出乱糟糟的宿舍，动了自己搞一套房子的念头。但这一来就有了添置家具的麻烦，还要雇个帮忙照料的老女佣，而这女佣还必须品行端正，不能让我离家在外时心存疑虑。以上种种，都让我一着手就觉得头都大了。一天我出门散步，顺便找找房子。我从本乡台向西、往下，再沿着小石川的坡道，径直向传通院方向往上走。那里自从成了电车通道后，就变得面目全非了。而在当时，左手边是火炮工厂的土墙，右侧是一片既非平原又非丘陵的空地，遍地野草丛生。我站在草丛中，漫不经心地远眺着对面的山崖。如今那里的景色虽然也还不错，但和当时相比，趣味上就差得远了。单说西面那一望无际的浓烈绿荫，就足以让人紧绷的神经放松下来。我忽然想到这一带说不定会有合适的房子，随即横切过荒草地，沿着小道向北走去。当时那一带街道尚未修整好，沿街并排的屋子看起来摇摇晃晃，脏兮兮的。我穿过空地，拐过小巷，在那一片来回转悠。最终我向点心铺的老板娘打听，这里是否有小巧舒适的屋子出租。'出租房啊，'她歪着头想了好一会儿，'出租房恐怕……'她脑子里似乎完全没有目标。我觉得没希望了，准备往回走。正在这时她又问：'素人民宿不行吗？'我心情为之一变。独自一人住在清静的素人民宿里，省去了自己收拾屋子的麻烦，倒也不错。我在点心铺里坐下，向老板娘详细打听了起来。

"那户人家是军属，说烈属更准确些，户主死于日清战争[1]。老板娘告诉我，一年前她们住在市谷的士官学校附近，嫌府邸太过空旷了，又有马厩什么的，就卖掉了它搬到了这儿。这户人家人口很少，非常冷清寂寞，曾托付她若有合适的人，就请多多关照。老板娘还告诉我，那户人家除了孀居的女主人、一个独生女儿和一个女佣外，再无他人。如此清净，令我心中狂喜。但我又担心，像我这样一个自称学生的人突然上门，会不会因为不知根底被拒之门外？是不是算了，我甚至想。但我虽是学生衣着却不寒酸，而且还戴着一顶大学生的制式帽子。说到这你会笑话吧，一顶大学生的制式帽子又能怎样？须知，那时的大学生跟现在不同，在社会上还是相当有信誉的。这种场合下，这顶四角帽还真给了我一种自信。于是我按点心铺老板娘的指点，未经任何介绍，直接前去拜访了那位遗孀。

---

1. 日清战争：即中日甲午战争。

"我见到那位军人遗孀，说明来意。她盘问了我的身世、学校和专业等等，也许她觉得我这人没什么问题，有把握了吧，随即她就对我说，什么时候搬来都可以。军人遗孀正直而爽快。军人的妻子都是这样的吗？我不禁感到钦佩，甚至有些惊异。这样爽朗性格的人怎么还会孤单寂寞呢？"

十一

"我很快就搬了家，租的就是上次来时同女主人谈话的那间房。这是那座宅子里最好的一间房。那时本乡台一带正陆陆续续盖起一些高档公寓式的住宅。我感觉自己作为一个学生，已然占据了自己能够得到的最好的屋子。我作为新主人的这间房，比他们的那些都气派多了。刚搬来的那一刻，我觉得自己眼下还只是个学生，住得这么好是不是有点过于奢侈了。

"在八张榻榻米大小的房间里，壁龛一侧是交错的搁板，走廊对面的那侧是个壁柜。虽然房间里一扇窗户都没有，但走廊朝南，明亮的阳光能充分照射进来。

"我搬来的那天，房间壁龛上摆着插花，边上挂靠着一把琴。这两样我都不喜欢。我是在嗜好诗书、烹茶的父亲身边长大的，自幼养成了喜爱唐风的趣味和习性。也许正因如此，不知不觉间对艳俗的装饰就会感到轻蔑。我父亲在世时收集的古董、字画，差不多都被那叔叔胡乱糟蹋了，但多少留下了一点。我离开家乡时将它们寄存在了中学旧友那，只从中挑了四五幅看起来有趣的，包都没包直接塞进行李带到了东京。

"刚搬进来的时候，我想把它们拿出来挂在墙上自娱自乐。可一看见这琴和插花，我突然就失去了勇气。后来我才知道，这些花原来是特意为了我才精心布置的，我心里不由得苦笑。琴则是以前就放在这儿的，因为家里没有适当摆放的地方，就只好原样挂靠在了这儿。

"说到这，一个年轻女子的身影自然会从你脑海中浮现吧。对于我，没住进来之前，好奇心就在跃跃欲试了。可能是这邪念存在心里，让我的举止变得不自然了，也可能是我还不习惯与陌生人交往，我第一次遇见这位小姐时，结结巴巴地打了个招呼，她也因此羞红了脸。

"我之前是从军人遗孀的神态和风采来推测和想象这位小姐的，这样的想象对她来说显然不大有利。既然军人的妻子是这样，那么她女儿应该也差不多是那样，按照这个逻辑次序，我的推测不断延伸。但在看到小姐的脸的那一瞬间，我的所有推测都被一举推翻了。随之，一股我的想象从未触及的异性的清新气息，渗透进了我的头脑。从那以后，壁龛正中的插花我也不再觉得讨厌，边上挂靠着的琴也不再觉得碍事了。

"插花很有规律，到了凋谢之前就会换上新鲜的，琴也时不时被拿到走廊拐角斜对面的屋子里去。我在自己的屋子里，手托着腮听着琴声。琴弹得好坏我听不大懂，但手法有点生疏，估计算不上高手。应该和她插花的水平差不多吧。插花我还是很懂的，小姐绝对谈不上优秀。

"尽管如此，种种鲜花仍毫无顾忌地装点着我的壁龛，插花的手法却总是雷同，花瓶也从不更换。而音乐方面比插花就更糟了。只听琴弦铮铮地鸣响着，没有听她伴唱过。也不是说她没唱，而是像说悄悄话那样极小声地哼哼，遭到呵斥后就完全无声无息了。

"当我愉悦地眺望着这差劲的插花时，总是先侧耳倾听会儿那笨拙的琴声。"

十二

"我离开家乡时已经感到厌世了，他人不可信任的观念渗透进了我的骨头里。我所敌视的叔叔、婶婶和其他那些亲戚，几乎堪称人类代表。甚至在坐火车的时候，我也开始用这种眼光审视邻座。有时他们跟我搭讪，那会更增强我的戒备。我心情郁郁，时常像吞了铅一样沉痛，以至于我的神经发展到今天这样尖锐、敏感。

"到东京后我想搬出宿舍，这是重要原因。花钱不受拘束，就想自己搞一套房子，这么说也对。可要按我过去的性格，就算口袋里有了钱，也不会想到要去倒腾这么麻烦的事。

"搬到小石川后，这种紧张的心情并未得到缓解。那副东张西望、窥视四周的模样，我都为自己感到羞耻。和大脑与眼球的快速运动相反，嘴唇却怪异地越来越不愿动了。我沉默地坐在桌前，像一只猫那样仔细观察着这个家庭。我对她们保持着高度警惕，又常常为自己这样而感到内疚。我觉得自己像个不偷东西却紧盯着别人腰包的怪物，我这样想，心里充满了对自己的厌弃。

"你一·定会觉得奇怪吧，那我怎么还能产生喜欢小姐的念头呢？怎么还能有闲情逸致快乐地欣赏她拙劣的插花，还能充满喜悦地倾听她同样笨拙的琴声？如果你这样质问我，那我只能说这两方面都是事实。我只能把事实告诉你，至于如何解释就由你的头脑去做决定吧。在这里我唯一想补充说明的是，我在金钱上怀疑人类，在爱情上却并非如此。虽然他人看来会觉得我的想法很奇怪，自己也觉得是自相矛盾的，可这种情况却在我心中平和地并存着。

"我总是把那位军人遗孀称为夫人,下面就直接称她为夫人吧。夫人评价我是一个沉静、诚实的人,还赞扬我是个学霸。而对于我不安的眼神和鬼鬼祟祟的样子,她却绝口不提,我不知道是她没有发觉,还是对我客气,总之她对此完全没有理会。不仅如此,有时她还称赞我为人很敞亮大方,称赞我时口气对我也很尊重。当她这样说我的时候,我微微感到了脸红,连连否定夫人的赞许。于是夫人认真地解释说:'你这样说,是因为你自己感觉不到自己的优点。'夫人起初似乎并不打算收留我这样的学生来做房客,而是想把房子租给在官署做公务的那些人,所以才托街坊留心介绍的。可能之前夫人觉得,会来租素人民宿住的,一般都是因为薪水不足才不得已而为之吧。也许夫人把她想象中的租客和我进行了比较,才会赞扬我为人敞亮。当然,和那些生活拮据的人相比,我在花钱方面也许算得上是敞亮大方,但那并非我的秉性,而且和我的内心世界也几乎毫无关系。夫人只是凭着女人的直觉,由此推而广之,用了同一个概念对我进行了整体性评价。"

十三

　　"夫人的这种态度，自然影响了我的心境。没过多久，我的眼神不再像以前那样充满疑忌，自己的心也终于能在自己所坐之处沉静下来。总之夫人和她家里的人，对我乖僻的眼神和疑虑深重的样子根本没有介意，这就给了我巨大的幸福感。我尖锐的神经由于没有得到对方的反射，也就渐渐平和了下来。

　　"我觉得夫人是个有心得的人，她是故意这样对待我的。也或许真如她所言，她确实把我看成了一个敞亮大方的人；或许我的狭隘只是头脑中的一种精神现象，并没有明显地流露在外；夫人因而被我蒙蔽了。

　　"随着心境的平复，我渐渐同她们接近起来，甚至能同夫人和小姐说点玩笑话了。有时她们会招呼我到对面屋子里喝茶，也有时我晚上买了点心，请她们到我这来。我忽然觉得自己的社交面似乎扩大了，为此不知浪费了多少重要的读书时间，奇怪的是我竟没把它当成干扰。夫人原本就是一个闲人，小姐除了上学，还在修习插花和弹琴，原以为她一定会

很忙，却意外地总有很多空闲。于是我们三人一见面就会凑到一起，闲聊着打发时间。

"一般来叫我的大多是小姐。有时她经过走廊的拐角，站在我的屋子前，有时她穿过茶室，从隔壁屋子的拉门上就能看见她的身影。她走到这里会停下脚步，然后一定会叫我的名字。'在用功吗？'她会问。那时我常常会把一本看上去很费解的书在桌面上摊开，专心致志地盯着它看，在旁人看来就是一副用功的样子。然而，实际上我却并没有沉浸在阅读中。目光虽落在书页上，心里却在等着小姐来叫。如果没等来，我就只好自己站起来，走到对面的屋子前，站在那儿问：'在用功吗？'

"小姐的房间挨着茶室，有六张榻榻米大。夫人有时在茶室，有时在小姐的房间里。这两间房虽然有隔断，但和没有也没什么两样。母女俩来来往往，不知占据着哪一间。我在外面出声招呼，'进来吧'应声的肯定是夫人，小姐尽管在里面也很少回答。

"终于，小姐偶尔会独自一人进入我的房间，坐下来和我聊天。这时，我心里就会冒出一股奇怪的不安。它并非仅仅是因为我和年轻的女子单独相处，我心神不定，有一种自己背叛了自己的感觉。这种不自然的感觉让我深感郁闷，而对方反倒很平静，毫无羞怯之感。这让我疑惑起来，她就是那个弹琴时连发声都不连贯的小姐吗？有时待的时间长了，夫人会在茶室叫她，她也只是简单地应一声，并不是轻易地就起身离开。虽然如此，她已绝不是一个任性的孩子了，这我当然明白。就连她故作姿态的举止，我的心里也都是非常清楚明白的。"

十四

"小姐走后，我才感觉长舒了一口气，同时又觉得意犹未尽。也许我这样有点女人气吧，在正值青春年华的你看来，恐怕尤其是这样。但在这种时候，我们大家其实差不多都是这样的。

"夫人很少出门，即便偶尔不在家，也从来没有出现过只留下小姐和我两个人的情况。我不知道夫人这样是有意还是无意。这事从我嘴里说出来似乎不大好，但如果仔细观察夫人的态度，总觉得她在有意促使自己的女儿和我接近，但在有些时候，又似乎对我暗中戒备。刚开始遇到这种情况，时常让我变得心情很糟。

"我希望夫人能站在某一侧明确的立场上。就思想活动而言，夫人的态度无疑是自相矛盾的。而且叔叔对我的欺骗，我记忆犹新。我被自己决不能再陷进去的疑虑所裹挟，揣测着夫人的态度哪些是真，哪些又是假。我在推测的过程中迷失了。不仅是对自己的判断感到困惑，而且想不明白夫人这种玄妙的态度究竟意味着什么。我想要推断出她的目的，可是我想不出来，最后我只能将这归罪于她是一个女人，而我对此却只能忍受。女人就是这样的，女人终归是愚蠢的，当我思路阻塞之时，结论最后总是落在了这里。

"如此瞧不上女人的我，却无论如何做不到瞧不上小姐，我的理论在她面前完全停止了运转。我对她的爱近乎一种信仰。我将只用于宗教的词用在这个女人身上，你也许会觉得有点奇怪吧，但我迄今仍然坚信这一点，我坚信真爱和宗教信仰没什么区别。每当我凝视着小姐的脸，就会感受到连自己也变得美好起来。一想到小姐，一种高尚情操转瞬间就会移植到我身上。假定不可思议之爱存在着两个极端，高的那一端涌动着神圣感，而低的那一端则充斥着性欲，那么我对小姐的爱，的的确确是立在了高的那一端的极点。当然，我身为肉体凡胎不可能脱离自己的身体，但我凝视着小姐时的眼睛、我思念着小姐时的心，却丝毫不带有肉体的气息。

"我对母亲怀着反感，对女儿的爱却与日俱增。我们三人的关系，比起我刚搬来时，渐渐变得复杂了。这种变化是内在的，基本上没有表现出来。其间一个偶然的机会，让我意识到自己很可能是误解了夫人，也让我重新认识到夫人自相矛盾的态度，两方面或许都并不虚伪。而且，这两种态度并非彼此交替支配着她的内心活动，是一直同时并存于她心中的。夫人愿意让小姐尽量同我接近，同时对我心怀戒备，这虽然矛盾，但这种戒备并非忘记或推翻了另一种态度，她依然还是愿意让我们两人彼此接近。这就是我观察得出的结论。夫人只是提防着这种接近，不要超越她所认可的正当范围。对于小姐，我内心并未动过情欲，夫人的这种担忧显然是在杞人忧天，我恍然大悟。从那以后，我对夫人的反感消失了。"

十五

"我对夫人的各方面态度进行了综合分析，证实了我在这个家里是被充分信任的。而且我发现了从刚见面起，我就已获得了她们信任的证据。在我的已经开始怀疑所有人的内心里，这一发现有些奇异地鸣响起来。和男人相比，女人应该更倾向于信任直觉吧。同时我想，女人为了男人而被欺骗的原因也在于此。我这样观察着夫人，对小姐也怀着同样强烈的直觉。一方面我发誓再也不相信他人，另一方面又对小姐绝对信任。现在回想起来，我这人是有些奇怪的。这样说来，信任着我的夫人也有点奇怪。

"家乡的事情我不大说，特别是对叔叔这次欺骗我的事更是一字不提。甚至只要一想起这事，我就会很恼火。我总是想尽量听夫人多说说，但这样在对方那儿是行不通的，她们也要我谈谈自己，想知道一些我家乡的事情。终于，该说不该说的我全都说了。当我告诉她们我再也不回家乡了，就是回去也一无所有，只有父母的坟墓时，夫人看起来非常感动，小姐哭了起来。我觉得自己说出来是做对了，我觉得很高兴。

"夫人听了我的述说，感觉一切如她直觉所料，流露出了对我一点没看错的表情。从那以后，她对我就像对待她的亲戚晚辈，我不但毫不生气，反而觉得很快乐。可就在这期间，我的猜疑心却又冒了出来。

"我对夫人有所疑忌，是从一些极其琐碎的小事开始的。这些琐碎的小事渐渐累积，我的疑忌也随之慢慢扎下了根。不知什么时候，我忽地想到夫人是不是也存着和叔叔一样的用意，才竭力促使小姐同我接近的呢？至今感觉亲近的人，这一来在我眼里就快速变身为狡猾的阴谋家了。我郁闷地咬着嘴唇。

"夫人曾开宗明义，宣称因家里人少觉得寂寞，这才托人介绍房客的。我也不觉得这是撒谎。关系亲近后很多话题我们都聊开了，也觉得夫人说的是实情。可就一般经济状况而言，她们说不上有多富裕，从利益角度考虑，同我结成特殊关系，对她们显然有益无损。

"我又加强了戒备。但我对小姐怀着前面说过的那种强烈的爱，无论我对她母亲存有多少戒心又能怎样呢？我自己嘲笑着自己，有时还痛斥自己愚蠢。可倘若问题仅仅是这样，不管我怎样痛斥自己愚蠢，也不会给我带来多大的痛苦。我郁闷的是，我开始怀疑小姐是否和母亲合谋。一想到我看到的这一切，都是两人在我背后打的配合，我就感到痛苦不堪。甚至不能说是痛苦，而是感觉到自己面临着穷途末日般的人生尽头。尽管如此我还有另一个选项，那就是仍然坚信小姐。我站在相信和怀疑之间，一动都不能动，我想象着两种情况，对我来说这两种情况都是真实的。"

十六

"我和往常一样去学校。讲台上的人在讲课，我总觉得那声音是从很远的地方飘来。读书也如此，进入眼中的铅字还没渗到心底就烟雾般消散着远去。我变得更沉默了。为此两三个朋友误解了我，告知其他朋友我已沉溺于冥想。我也不愿解释。他们给我的这副面具正当其时，反倒让我感觉到某种默契，我暗自高兴。尽管如此，我的情绪却难以平复，偶尔会突然焦躁地爆发出来让他们感到惊愕。

"我借宿的这座宅子很少有人进出，亲戚似乎也不多。小姐学校的朋友偶尔来玩，她们用极小的声音交谈，声音小到让你不知道屋里到底有没有人，她们总是这么悄悄说一会儿然后就回去了。我居然没有注意到，她们这么轻声细语是因为顾忌我的感受。我的访客也并不是什么粗人，但对这家人有所顾忌的却一个都没有。这么一来，我这借宿的租客倒似乎成了这座宅子的主人，而小姐作为主人，反而沦落到房客的地位了。

"这些文字不过是追着我的回忆写下来的，实际情况究竟如何其实并无所谓。此时发生了一件无论如何对我而言都不好的事。在茶室，不然就是在小姐的房间里，突然传出了一个男人的声音。那声音和我的访客不同，极为小声，他们在说些什么也完全听不清楚。越听不清楚，就越是刺激我的神经，我坐在那儿奇怪地烦躁起来。我先是在想，那是她的亲戚吗，抑或只是一个熟人？随即又想，那是一个年轻人，还是她的长辈？这些事坐在那儿肯定是弄不清楚的，可站起来走过去，打开隔扇门看看更是没道理。我的神经与其说是在震颤，不如说是掀起了大浪，我深受其苦。客人回去后，我自然不会忘了去问这人的姓名，小姐和夫人的回答又极为简略。在她们面前我流露出不满的脸色，却没有追问到能让自己满意的勇气。当然也没有这个权利。我接受的是注重品格的教育，由此而生的自尊心，和此刻背叛了自尊的贪欲同时浮现在我的脸上，并展示在她们两人面前。她们笑了起来，笑容中并无嘲讽之意。那么这笑容是善意的吗，抑或是在我面前故意表现出某种善意？我无法即刻做出判断，心情又变得没着没落。事过之后，我又在心中不知多少次反复地追问自己：我被愚弄了吗？我这不是被愚弄了吗？！

"我是自由之身。哪怕是中途退学，或者去哪儿过怎样的生活，又或者在何处同什么样的人结婚，都无须跟谁商量，完全可以自作主张。我多次下决心干脆跟夫人摊牌，告诉她我想要娶小姐。但每次我都犹豫不决，话到嘴边还是咽了回去。我并不是害怕被拒绝。如果被拒绝了，虽然我的命运不知会发生怎样的变化，但因此，我也一定会站在某个完全不同的地方，展望全新世界的可能性也必定随之而生。这点勇气如果要我拿出来，那我也就拿出来了。但我厌恶被人诱惑，没什么比着了别人的道更让我怒不可遏。被叔叔欺骗过后我就下了决心，今后无论发生什么事，都绝不再受人欺骗。"

十七

"夫人见我只是买书，就劝我也添些衣服。我穿的都是乡下织的土棉布，那时的学生是不穿丝绸面料的和服的。我有个朋友，家里在横滨做生意还是做点别的什么，过着相当阔绰的生活。有次家里给他寄来一件白绢料的内袄，穿上一看大家都笑了起来。这男人面带羞色做了许多辩解，特意寄来的白绢小袄被塞进行李底层弃用了。之后又有很多人拥了过来，故意让他穿起来看。运气不好，那件小袄里钻进了虱子，可能那朋友觉得这倒是刚好吧，就把这件备受讥笑的小袄揉成一团，带着出去散步，顺便把它扔进了根津的一个巨大泥坑里。那时和他一同散步的我，站在桥上，边笑着边远眺朋友的举动，心里一点也没觉得这样做太浪费了。

"那时，我看起来已经很像个成年人了，可还不知如何为自己准备出门穿的衣服。我有个奇怪的想法，认为在毕业后长出胡子的时代到来之前，穿什么是根本不必多加考虑的。所以我回答夫人说，书是必需品，衣服不需要。夫人知道我买了很多书，就问我：'那买的书你全都看了吗？'我买的书里有字典，当然多少有些应该要看却连书页都还没裁开的，我为自己怎么回答感到了词穷。我第一次注意到，如果买了不需要的东西，书也好衣服也好，全都是一回事。而且受到了夫人的种种照顾，我也正想以此为借口，替小姐买些喜欢的腰带和衣料。于是我就把这些事都拜托给了夫人。

"夫人没说自己一个人去，而是命令我一起去，还说小姐也非去不可。我是在和今天完全不同的环境中成长起来的，作为学生，那时我并不习惯和年轻女生一起逛街。和现在相比，我那会儿还是一个屈从于习俗的奴隶。我多少踌躇了一番，才终于下定决心出门。

"小姐打扮得花枝招展。她原本白皙的皮肤上又涂了层厚厚的白粉，看起来更打眼了，往来行人纷纷回头注目。他们打量了小姐之后，必定会将视线落在我脸上，这让我感觉很怪异。

"三人来到日本桥，买了要买的东西。买的时候一会儿买一会儿不买，各种改主意，比预想的还要耽误工夫。夫人特意叫我的名字，同我商量这怎样那怎样。她常常把衣料从小姐的肩头竖起来搭在胸前，叫我退远两三步帮她看看。每次我都是'这件不行啊''这件很合适啊'之类回应着，总之口气听起来很像那么回事。

"这些事花了不少时间，要回家时已是晚饭时间了。夫人似乎为了对我表示谢意，说要请我下馆子。她领着我们走进了一家叫木原店的饭馆，店内有表演，在一条狭窄的巷子里。这儿不但巷子狭窄，吃饭的房间也十分狭窄。对这一带的地形我很陌生，夫人却轻车熟路的，让我十分惊讶。

"回到家里已然入夜。第二天是星期天，我把自己关在房间里一天没出门。星期一去学校，一大早我就被一个同年级的调侃了。他故意问我什么时候娶的媳妇，接着又夸我媳妇是个非常漂亮的美人。好像我们三人去日本桥时，不知在哪儿被他看见了。"

十八

"回家后我把这事跟夫人和小姐说了，夫人笑了起来。'那肯定让你为难了吧。'夫人看着我说。那时我心中暗想，男人的这状态，就是所谓受到女人的诱惑了吗？夫人看着我时的眼睛让我充分理解了其中含义。那时如果我按照自己心中所想，直接向夫人说明白可能就好了。可我心里还有一团不清爽的疑虑，刚想开口却又戛然而止，故意把话题岔开了。

"我把自己从当事人的位置上虚而化之，试探夫人对小姐的婚姻问题持什么态度。夫人明确告诉我，这三言两语就能说清楚，但小姐还没毕业，年纪还小，她那边倒是并不着急。虽然夫人嘴里没说，但看得出她对小姐的姿色极为自信。夫人还露出口风，小姐的婚事如果想定，随时都可以定下来。而且小姐是独生女，这也是夫人不会轻易撒手的原因。至于将来是出嫁还是招婿，看起来夫人还在为此犹豫。

"从夫人的谈话中，我了解到不少情况，也因此坐失良机。关于自己的想法，我最终还是一句没说。找了个适当的机会，我打住话头，想要回自己的房间。坐在边上的小姐，刚才还笑着插话说这太过分了之类，却不知什么时候去了对面的角落，背向我们坐着。我站起来转过身，看见了她的背影。从背影是无法看出一个人内心的。小姐对这问题怎么想，我一点也不知晓。小姐坐在橱柜前，柜门打开了一尺多宽，她从那缝隙中取出了什么东西放在膝盖上看着。我的目光透过缝隙的一侧，看到了前天买的衣料，我的衣服和小姐的衣服放在橱柜的同一格角落里叠放着。

"我什么都没说正要离开，夫人忽然换了语调，问我是怎么想的。夫人问得有些突然。什么怎么想的？似乎我不反问一句就弄不清她的意思。当我反应过来，夫人是在问让小姐早点出嫁是否是上策时，我回答说还是缓缓好吧。夫人说她也是这个意思。

"夫人、小姐和我的关系发展到这种地步时，另一个男人不得不加入进来。这男人成为家庭一员的结果，是给我的命运带来了巨大变化。如果没有这个男人横亘在我的生活道路上，恐怕我也就没必要为你写下这封长信了。我束手无策地站着，魔鬼在眼前通过，这瞬间投下的阴影黯淡了我的一生。坦白地说，是我自己把他拉进这家庭里来的。当然这要得到夫人的许可，所以我从一开始就毫不隐瞒地对夫人说了，请求夫人准许。夫人却并不同意。尽管我确有不得不把他带到这儿来的原因，可在夫人看来则完全不成其为理由。于是我从我自己认定的善意出发，断然行事了。"

十九

"我在这把这位朋友称作 K。我同这位 K，从小关系就很好。提到发小，无须解释也都会明白吧，我们是同乡。K 是个信奉真宗教的和尚的儿子，但不是长子，是老二，因此 K 被送到某个医生那做了养子。在我老家，本愿寺派的势力十分强大，真宗和尚在经济上要比其他人优裕得多。举个例子，如果真宗教和尚有女儿到了适婚年龄，施主们就会商量着，将她嫁到一户适当的人家，费用当然无须由和尚自掏腰包。就是这样，真宗寺中人大多福气不错。

"K出生的家庭也过着类似的生活，至于是否有余力将老二也送到东京去读书就不清楚了。也许就是为了让老二去读书，才把他送走做养子的，这些我也不是太清楚。总之，K被送到了医生那做了养子。那是我们在上中学时发生的事。老师在教室点名，K的姓氏突然变了让我吃了一惊，那场面我至今记得。

"K的养父家也相当有钱，K就是从他家得到了来东京的学费。我们虽然不是一起来的，但他一到东京就和我住进了同一间宿舍。那时候一间屋子里常常住上两三个人，共同起居，桌子并列摆放着。K和我住在一起。我们像从山里被活捉来的动物，在栅栏后相互倚靠着窥探外界。我们畏惧东京和东京人。但在六张榻榻米大的屋子里聊起来时，我们却似乎能够睥睨天下。

"然而，我们是认真的，都怀着远大志向。尤其是K。他出生于寺院，经常使用'精进'一词。在我看来，他所有行为举止都可以用'精进'这个词来形容。我在心底里常常对他怀有敬畏。

"K从中学时起，就总是用宗教和哲学之类艰深的问题让我深感困扰。这是他父亲的教化所致，抑或是他家庭环境——寺院这种特殊建筑中所附属的特殊空气——对他产生了影响，我说不清楚。总之他比一般的和尚看上去更具和尚气质。原本K的养父家是打算让他来东京学医的，他却偏执地怀着绝不成为医生的决心来到东京。'这不等于是欺骗了你的养父母吗？'我责问他。他是这样回答的：'是的。为了求道，这点小事根本就没有所谓。'那时他所说的'道'，恐怕连他自己也不明白是什么意思吧，我当然就更别提了。但对于年轻的我们，这个含糊不清的词语却有着神圣的回响。不了解它的含义并不妨碍我们内心被一种高尚的情操所驱使，在求道之路上前进的激情中，当然不存在任何低劣卑下的气息。我赞同 K 的办法。至于我的赞同是否对 K 的决定发挥过什么重大作用，这我就不知道了。我觉得，对于一根筋的 K 来说，即便我表示反对，他也会照样按他自己的意思走到底。但无论如何，我的赞同对他形成了声援，万一有什么事，我也就因此多少负有责任。对这种事我从孩提时起心里就清楚。就算在当时我没有那样的觉悟，可将来若有必要以成年人的眼光来回顾以往的话，那么应该我负的责任则必须由我来负。我差不多就是用这种语气向他表达了赞同之意。"

二十

"K 和我进了同一个系。他一脸无辜地用着养父家送来的钱，走上了自己想走的道路。不会被养父家知道的安心，万一被养父家知道了也无所谓的胆气，这两种心态同时并存于 K 的心中。我别无办法，只能眼睁睁地看着。K 看起来反倒比我坦然多了。

"第一个暑假 K 没回家，说要在驹込的一家寺院里借间屋子用功。我回东京已是九月上旬，他果然把自己关在大观音旁的一座肮脏寺院里。他那间狭小的屋子紧挨着正殿，在那里他按着自己的心意读着书，看起来很开心。我觉得那时他的生活渐渐在向和尚修行的方向发展。他手腕上戴着手串，我问他这是怎么回事。他用大拇指一个、两个地数着念珠，模仿入定的样子给我看，但我不明白这有什么意义。手串是个圆的东西，这样一颗颗数下去的话怎么数也没个头啊。究竟要数到哪儿，数到什么样的心情，K 那不停的手才会停下来呢？虽然觉得这是件无聊的事，可我总还是不停地这样为他操心。

"在他的房间里我还发现了《圣经》。从他嘴里我时不时听到一些经书的大名，但关于基督教，迄今为止我一次没听他说过，也没听他问起过，这让我有些诧异。我忍不住问他为什么看这书。K 说不为什么，如此对人有益的书读来看看也是理所当然的吧。他还告诉我，如果有机会，《古兰经》他也打算读一读。他对'穆罕默德'和'剑'这些词好像抱有极大的兴趣。

"第二年夏天他受到家里的催促终于回去了。虽然回去了，但专业上的事他好像什么也没说，家里也还没有注意到这一点。你是个受过学校教育的人，这种情况能理解吧。一般人对于学生生活和学校制度之类都惊人地无知，我们认为无关紧要的事也一向不对外人说起。我们呼吸着学校内部的空气而并不自知，总以为学校里的这些鸡毛蒜皮一定是尽人皆知的。在这一点上，K 显然比我更通世事，他又若无其事地回来了。我们一起离开了家乡，在等火车的时候我问 K 怎么样了。他回答说什么事都没有。

"第三年，就是我下决心永远离开父母墓地那一年的夏天，我劝 K 一起回家，他没答应。'每年都这样回去有什么可干的？'他说。他好像还是打算留下来用功，我没辙，只好独自一人离开了东京。我在乡下度过的这两个月，对于我的命运来说真是波澜起伏，这些前面都写过了，此处不赘。我怀着一腔愤懑、抑郁和孤独的寂寞，在九月又同 K 相逢了。谁知他的命运也和我同样产生了一个变调。在我不知道的时候，他给养父家写了封信，坦白自己欺骗了养父。似乎他从一开始就想清楚了自己要这样做。他可能想着，事到如今已尘埃落定，养父家里也只好由着他爱怎样就怎样算了吧。不管怎样，他在大学入学前，不想对养父母继续瞒下去了。也许他意识到这样瞒下去，毕竟不是长久之计。"

二十一

"看了 K 的信后养父暴怒，即刻回信，怒斥他蓄意欺骗可恶至极，不可能继续资助学费。K 把信给我看了，把相继收到的亲生父亲的信也给我看了，后者信中责备用语的严厉程度不逊于养父。也许在情理上对不起养父母吧，K 的父亲在信中告知，此事听凭养父母处置，一切随他们的意。为了这事，K 是解除养子关系恢复原户籍，还是寻求妥协之道继续留在养父家？这些都是后话了。当务之急是解决每月必需的学费。

"我问 K 有什么打算，他说准备去夜校当老师。和现在相比那会儿社会上要宽松许多，工作职位也不像你想象的这么难找。我觉得 K 这样做也完全能行得通，但我依然对此负有责任。当初 K 违背养父意愿，决意要走自己选择的道路时，我对此表示了赞同。因此我没有袖手旁观的道理，当即提出在经济上给他一点补助，但 K 一口拒绝了。以 K 的性格来说，自食其力比活在朋友的庇护下要爽快得多吧。'上了大学还不能养活自己那算什么男人呢？'他说。我不能为了要尽自己的责任而挫伤了他的感情，就顺了他的心意放手不管了。

"K没多久就找到了想要的工作。但对于珍惜时间的K，这份工作还真是难以想象的辛苦。他像过去一样，学习上一点也没放松，又背上了新的人生重负勇猛精进。我怕他身体上吃不消，要强的他却只是笑，对我的忠告毫不理会。

"K和养父家的关系渐渐变得复杂了。他时间很紧张，连像以前那样和我聊天的机会都没了，所以这事的来龙去脉我始终没听他详细说，只知道事情越来越棘手。听说有人试图从中调解，调解人写信催K回家一趟，K说不行，没有答应。K说不行，有其合理之处——正在学期中需要上课无法回家，可在对方看来那就是执意叛逆吧。这一来，事态发展就愈趋严重，他伤害了养父家的感情，也激怒了生身父亲。我很担心，写信试图缓和双方关系，但已无法收到任何效果了。我的信就此石沉大海，没收到一句回应，我也生气了。这事发展到此时，我是一直同情K的，从这之后我更是不管是非了，坚定地站在了K这一边。

"最后K终于决定恢复原来的户籍，由养父家提供的学费则须由亲生父母家赔偿。但亲生父亲也不想再管他的事，对他说'以后随你的便好了'。用老话说，那就是断绝父子关系，要清账了。也许没那么严重，不过K就是这么理解的。K生母早逝，他性格的这一方面，可以看出由继母抚养长大所带来的影响。如果他的生母还活着，我想他和家里的关系也许不至于闹得这么僵吧。他父亲当然是个僧侣，但在坚持义理这一点上，我觉得毋宁说更像是一个武士。"

二十二

"K的事件告一段落后，我收到他姐夫寄来的一封长信。K养父家同K的姐夫是亲戚，他为K斡旋并让K恢复原籍的时候，K告诉我，自己很尊重此人的意见。

"信里他让我告诉他，K后来怎样了，说K的姐姐很不放心，希望我能尽快写封回信。比起继承了寺院的哥哥，K更喜欢这个已经出嫁了的姐姐。他们虽然都是一母同胞，但姐姐和K的年龄差距很大，在K小的时候，姐姐反倒比继母更像是K的母亲。

"我把信给K看了，他没说什么。K告诉我，他已经收到姐姐寄来的两三封信，意思都和这差不多，他也已经回信告诉他们这段时间不必担心。姐姐运气不好，嫁的人家不是宽裕的家庭，不管有多同情K，也不可能给弟弟什么经济上的帮助。

"我给K的姐夫回了信，意思和K说的差不多。在信中我还强烈表示，如果出现万一，我无论如何会出手帮忙的，让他们放心。我原本就存着这份心思，当然也带有安抚他姐姐的好意，以免他们为 K 的前途忧虑，同时其中也还含有对他父亲和养父家的蔑视。

"K 恢复原户籍是在他大学一年级的时候，从那时起到大二中期，大约一年半的时间里，他是靠自己独力维持生活的。过度的劳累似乎已逐渐影响到了他的健康和精神，是否和养父家脱离关系这些糟心的事情对此也不无影响。他变得有些伤感起来。有时他会说，唯有他一人背负着世上所有的不幸。低沉情绪消散后他又会变得很激动，他觉得原本照耀着未来的光在渐渐退远，他很烦躁。刚进大学时谁都会怀着远大理想，感觉自己踏上了全新的旅程。此乃人之常情。过了一两年，快到毕业时，会突然感觉到自己的进步变得很慢，过半以上的人这时会很自然地对自己感到失望。K 也如此，但他的焦虑比一般人来得猛烈。我终于开始考虑，现在最重要的是要让他平静下来。

"我给他忠告，劝他放弃那些多余的兼职，然后把自己的身体放松下来，休闲一会儿对自己的远大前程才是上策。事先我就料到，执拗的 K 是不会轻易听我劝告的。我尝试着说了看看，结果比预想的还要费劲，弄得我都泄气了。K 宣称自己的目的并不在于学问，而在于培养意志力，从而使自己成为一个强大的人。结论就是，他为此必须尽量使自己处于逆境中。在一般人看来，这些完全是胡言乱语。实际上，他的意志在逆境中并没有得到丝毫的提升，他反而患上了神经衰弱。我一点办法也没有，在他面前只能表现出一副深有同感的样子。我告诉他，在这一点上，我自己也打算朝这一目标前进（对我来说，这本来也不算敷衍的谎话，经常听 K 布道，他的理论渐渐把我也拉进了这一幻境中，K 是很有说服力的）。最后我提议跟他住在一起，一起来攀登这崎岖的向上之路。为了让倔强的他同意，我竟跪在了他的面前。如此这般，才终于把他带到了我的住处。"

二十三

"我的房间附带着一间可称之为客厅的小屋，四张榻榻米大小。进了玄关后若要进我的房间，就必须先穿过那间小屋。从实用的观点看，那间小屋极为不便。我就把 K 安置在那里了。我一开始想在大屋里并排放上两张桌子，把小屋作为共有空间。K 说就算小点也是一个人住着方便，他自己挑了那间小屋住下。

"前面说过，夫人起初不赞成我这样做。要是开客栈，俩人住比一人住好，仨人住比俩人住好，但她不是做生意，说还是尽量别带来吧。我说这人是决不会成为别人负担的，住着并不妨事。夫人告诉我，就算他不是负担，可她也不乐意家里住进个不知什么脾气的人。我说连我这么麻烦的人现在都住着，不也是一回事吗？夫人争辩说，她从一开始就很了解我的脾气性格。这话让我不由得苦笑。夫人又换了个理由，说不让他住进来，是因为这样对我不好。我问她为什么这样会对我不好，这次轮到她苦笑了。

"说实话，我确实没必要非同 K 住到一起不可。但要把每月的花费以钱的形态放在他面前，K 接受起来一定会感到为难。他是一个自尊心很强的男人。所以我想把他安排在我的住处，然后再将两人的食宿费背着他悄悄交给夫人。关于 K 的经济状况，我并没有想要跟夫人解释清楚。

"我只谈了谈 K 的身体状况。说要再让他这样一个人待下去，他只会变得越来越孤僻。捎带着我也把他同养父家闹翻、和父亲脱离关系这些事都跟夫人说了。我告诉夫人，我现在是抱着一个溺水的人，决心把自己的热量输送给他，这才想着要让 K 搬过来一起住。我还央求夫人和小姐也能给他温暖的关爱。就这样我渐渐说服了夫人。K 对这些没问过，对这事的来龙去脉也完全不知情，这反倒让我觉得很满意。K 慢腾腾地搬了过来，我若无其事地迎接他。

"夫人和小姐热情地帮 K 收拾行李等等，很照顾他，我把这一切都理解为夫人和小姐对我的善意，心里很高兴——K仍是一副表情阴郁的老样子，没什么变化。

"我问K搬到新居后心情如何，他只说了句不坏。可要是让我来说，那就不仅仅是不坏了。他之前住的屋子朝北，墙壁肮脏，散发着潮湿的霉味，吃的东西也和他这屋子一样糟。他搬到我这里来后，堪称一步登天。K之所以没有流露出这种神情，一是出于他倔强的性格，二是出于他的理论。K是在佛教教义熏陶下长大的人，衣食住行方面的奢侈在他看来似乎都是不道德的。读过远古高僧和圣徒之类传记的他，有种动不动就把精神和肉体分开的习惯。也许在他看来，唯有鞭笞肉体才能增加灵魂的光彩。

"我采取尽量顺从他的方针，就像把冰块拿到阳光下融化。我想，等冰块融化成了温暖的水，他自己认清自己的时机就一定会到来。"

二十四

"我就是这样被夫人治愈的，渐渐变得快乐起来。我尝试着把同样的方法运用到K身上。长期的交往让我深知，K和我在性格上有着很大差异。虽然如此，我自从加入这个家庭后，过敏的神经触角就圆润了许多。我想，把 K 的心安置于此应该也能使之渐渐平复下来吧。

"K 怀着比我强大的决心，学习比我更努力，他生而有之的天赋也比我高得多。后来因为所学专业不同，就不好说了。但无论初中还是高中时，K 在班上总是名列前茅。平时我总觉得自己不管干什么都比不过他。当我强行把他拉到我的住处来时，却坚信自己要比他更明白事理。从我的角度看，我认为他没有理解克制和忍耐的区别。这一段是特意为你写的补充说明，请注意阅读。肉体也好精神也好，我们的一切机能，都是在外部刺激下得以发达起来的，也由此而遭到毁损。无论从精神和肉体哪方面，当然都有逐渐加强外部刺激的必要，但若对此不加以深入思考，也会朝着非常危险的方向下坠。这种情况发生时自己当然意识不到这一点，很可能连边上的人也未必会注意到。

"据医生说，人体中胃是最柔弱的。你只给它喂粥，不知不觉它就会丧失消化更坚硬之物的能力。所以医生老说，要做到什么都能吃点，那就行了。我想这指的并不仅仅是习惯，随着刺激逐步增大，营养机能和抵抗力也会慢慢跟上来。若是反其道而行之，胃的能力逐渐弱化，后果会变得怎样只要稍加想象就能明白。K 虽然是个比我了不起的人，但对此却全无察觉。他以为只要习惯了困难，这困难就会变得什么也不是。他坚信只要不断反复地吃苦，这不断反复的过程本身就是一种功德，而且由此也一定能抵达对任何艰苦都毫无感觉的境界。

"我在劝解 K 的时候，非常想把这层意思跟他讲清楚。可我要这么一说，必定会遭到他反对，而且他一定还会举出许多古人的例子来论证他观点的正确。要走到这一步，我就不得不向他清晰地分辩古人和他的不同点。若是他能接受我的观点就还好说，但以他本性而言，一旦争论到这份上，他是不会回头的，而且会变得更极端。他不仅嘴上说说，行动也会跟上去。他就是这样一个恐怖的人，非常了不起。他会自己摧残着自己向前走。就结果而言，在成功地毁掉自己的意义上，他确实是了不起的。而且，他绝不平庸。深知他秉性的我，终于对他束手无策。前面说过，我觉得他多少有些神经衰弱。就算我说服了他，他也一定会被激怒的。我虽然不怕跟他争吵，但回顾自己曾经经历过的那种不堪忍受的孤独境地，K 是我最亲近的朋友，我不忍心将 K 也置于同样孤独的境地中。把他进一步推到更孤独的境地里，是我尤其不愿意的。所以，让他搬到我的住处后，我没有对他说过任何批评之类的话，只是平静地观察周围环境变化给他带来的影响。"

二十五

"我暗中央求夫人和小姐尽量同 K 说话。我认为是他迄今为止的沉默生活在作祟，正如闲置的铁，他的内心也在生锈。

"'他这人可没法接近呀。'夫人笑着说，小姐也特意举例说明。有一次，小姐问他火盆里还有没有火，K 回答说没有。她说那就给他端来吧，K 拒绝说不要。问他不冷吗，他说冷，但不要。然后便不再应答。我只能苦笑以对。真是可怜，要不说点什么我感觉这场面都过不去了。当然，这会儿已然入春，也未必非要烤火不可，但 K 这样的问答也确实令人沮丧。

"所以我尽量以自己为中介，尽力让这两个女人和 K 多接近。和 K 闲聊时，我就把夫人和小姐请过来，或者我同她们在一起时，也把 K 拉过来。根据场合不同我采用不同的方法，促使他们彼此接触。K 当然是不喜欢这样的。有时他会忽地起身走到室外，有时不管怎么叫他也久久不过来。K 斥问这种无聊的闲扯有意思吗，我微笑以对。但我心里明白，K 很鄙视这样的我。也许某种意义上我确实应该被鄙视，也许他的着眼点存在于远远超越了我的某处，我不否认这一点。

但眼光再高，若无相应的手段配合便无意义。我以为在此之际，让他成为一个正常人是最要紧的。我认识到，无论在他头脑里有多少伟人的形象，倘若他自己伟大不起来，那又有什么用呢？而使他成为一个正常人的第一步，就是让他能在一个异性身边坐下来。先让他置身于这样的空气里，然后再尝试着更新他那生了锈的血。

"我的尝试渐渐成功了。起初看起来似乎很难融合的东西，逐渐纠缠到了一起。K对自身之外存在的世界也有了稍许领悟。一天他对我说出了这样的话：'女性的确不应受到如此的轻视。'K似乎也变得和我一样，开始从女性身上汲取知识和智慧了。若非如此，他转念间就会对女性产生蔑视之意。迄今为止，K并不了解人是会由于性别不同而改变立场的，他总是用同样的视角来观察世间的一切男女。我对他说，假如只有我们两个男的这样长久地交谈下去，我们两人就仅仅是沿着一条直线不断地向前延伸罢了。他表示赞成，认为确实如此。那时，我正迷恋着小姐，自然就会说出这样的话，但其中的秘密我却一句也没有向他透露过。

"K以往的心一直禁锢在书本垒起的城堡里，当我看到这层壁垒渐渐垮塌时，我感到比任何时候都更高兴。我最初就是抱着这样的目的为K做了这些事，伴随着自己取得的成功，我感受到了由衷的喜悦。我虽然没有和K说，但把自己的感受跟夫人和小姐谈了，她们也表现出很满意的样子。"

二十六

"我和 K 是同系不同专业，出门和回家的时间自然也就或早或晚地错开。我回得早时会穿过他那间小屋，回得晚就会和他简单地打个招呼，再走进自己的房间，这已成了我们的日常习惯。这时 K 总是会放下书，向打开拉门的我看上一眼，然后必定还会说上一句：'才回来啊。'有时我只点点头并不回答，有时会'嗯'地答应一声。

"一天我去神田办事，回来比平时晚了许多。我快步走到门前，唰地拉开了隔扇门。这时我听到了小姐说话的声音，那声音无疑是从 K 的房间里传出来的。这座宅邸从布局上看，玄关进来后往前直走，挨着的两间屋是茶室和小姐的房间，往左拐过去是 K 和我的房间。在这儿住得久了，不管在哪儿，谁的声音我一听就清楚。我随即关上了隔扇门，这时小姐说话的声音也停了下来。我弯腰脱鞋——我那时穿高帮鞋，鞋带很费事地交叉绑着——我解开鞋带的过程中，K 的房间里谁也没有吱声。我有点奇怪，觉得有可能是自己听错了。可当我像往常那样要穿过 K 的房间回屋时，打开隔扇门，却看见两人端坐其中。K和平常那样说了声'才回来啊',小姐坐着没动,也问候了句'回来啦'。可能是心理作用吧,我觉得小姐这句简单的问候有些生硬,说不清什么地方不自然的语调在耳膜上振动。我问小姐:'夫人呢?'我问这话没任何具体意思,只是觉得家里的所闻所见要比平日安静了许多。

"夫人果然没在家,女佣也和夫人一起出去了,家里只剩下了小姐和K。我稍微想了下,我已在这里住了很长时间了,虽然我受到夫人的关照,但夫人还从未有过只把小姐和我留在家就出门的先例。我问小姐是有什么急事吗,她只是笑着。我讨厌在这时候笑的女人。也许这是年轻女子的共同点吧,小姐也常常因为一些莫名其妙的事情笑起来。但她一看到我的脸色,立即恢复了平常的表情,认认真真地回答说没什么急事,刚好有点事出去了。我只是个房客,没有继续追问下去的权利。我沉默了。

"我换过衣服刚要坐下,夫人和女佣就回来了。不一会儿,就是大家在饭桌上见面的晚饭时间。当时的租客,一切都是被包干的,到吃饭时间女佣会把饭菜送到屋里。但这习惯不知不觉间改了,吃饭时我会被叫去面对面一起吃。K刚搬来时,我就告知他的待遇必须都得跟我一样。为此我还给夫人送了一张面板轻薄的奢华折叠桌,现在似乎普通家庭都在用这种桌子了,而当时围着这样一张桌子进餐的家庭几乎没有。这是我专程去了趟茶之水的家具店,要求他们按照我

的设计定做的。

"就在这张饭桌上，夫人向我解释说，这天生鱼片店不能像平时那样按钟点把鱼送到家里，她不得不上街去给我们买点吃的。原来如此，家里住着房客，夫人这样做也是理所当然。我正这样想着，小姐看着我又笑了起来。但这次遭到了夫人的呵斥，她立即收起了笑容。"

二十七

"差不多过了一周，我又穿过 K 和小姐凑在一起聊天的屋子，小姐一看到我又笑了起来。'有什么古怪吗？'当时我要是这样追问她一句就好了，可我却默默地走进了自己的房间。所以 K 也没能像往常那样招呼我'才回来啊'。小姐也马上起身，拉开了茶室的门走了进去。

"吃晚饭的时候，小姐说我是个怪人。我也没问怪在哪里，只留意到夫人向小姐瞪了一眼。

"饭后我带着 K 出去散步。两人溜达着从传通院后门绕到了植物园大街，然后又沿着富坂的坡道往下走。作为散步，我们走得可算真够远的，其间，我们极少说话。性格上 K 比我更为沉默，我也不是个饶舌的人。可我一边走，一边尽量想找点话跟他说。我的话题主要围绕我们寄居的这个家庭，我很想知道他对夫人和小姐的看法。可他的回答却总是不显山不露水地模棱两可，不仅让人不得要领还极为简略。同关于这两个女人的问题相比，他看上去对专业上的问题更为关注。那时第二学年的考试已近在眼前，在一般人看来，他倒是比我更像个学生吧。K一说起斯坦伯格什么的就这个那个，学养不足的我被他给惊到了。

　　"我们的考试顺利结束，夫人为我们感到高兴。'你们俩还剩最后一年了啊。'她说。说起来，被夫人当作唯一荣耀的小姐，马上也要毕业了。K对我说：'女人呀，什么都不懂也就这样毕业了。'小姐在专业之外下了不少功夫的缝纫、插花和弹琴之类，K似乎根本就看不上眼。我笑他太迂腐了。我又老调重弹说女性价值并不在此之类。他没有特别反对，可也没有表现出赞同，我对此却暗暗高兴。K那种哼哼哈哈敷衍的语调，似乎依然对女性怀着轻蔑，而被我当作女性代表的小姐，他似乎也没怎么当一回事。如今回想起来，我对K的嫉妒心在那时就已然充分萌发了。

　　"我跟K商量暑假上哪儿去旅行，他的口气好像哪儿都不想去。他当然不是那种随心所欲想去哪儿就去哪儿的人，不过如果我邀请他的话，那么他上哪儿应该也都无所谓的。我问他为什么不想出门，他说也没什么理由，只是觉得在家里看书更自在。我建议找个避暑之处，在凉爽的地方读书对身体更好。他说：'要这样的话你一个人去不就行了吗？'但我不愿让他一个人留在这儿。只要看到他和这家人越走越近，我心里就会觉得不舒服。这虽然是我最初所希望看到的，可为什么心情又会因此变糟了呢？问题就在这里。说我愚蠢真是一点不错。我们争论不休，看不下去的夫人为我们做了调解。终于，我们一起去了房州。"

二十八

"K很少出门旅行，我也是第一次去房州。两人什么都不懂，船停靠的第一站就上了岸。那地方记得叫保田，不知现在变成什么样了，当时那儿是个糟透了的渔村。到处飘着腥味不说，人一下海就会被浪头拍倒，手脚也会被瞬间蹭破皮。海浪裹着的拳头大小的石块，骨碌骨碌地不停滚动着。

"我很快就感到了厌倦，K既不说好也不说坏，至少脸色是平静的。可他一下海就弄得浑身是伤。我总算说服了他。我们离开此地去了富浦，又从富浦转移到那古。这一线沿岸在当时是学生们的聚集地，无论哪儿，对我们来说都是正合适的海水浴场。K和我常常坐在海边的岩石上，眺望着远处的海面、近处的海底。从岩石上俯瞰海水，会觉得特别漂亮。红色的、蓝色的——市面上难得一见的彩色小鱼，在澄明通透的波浪中来回游弋，鲜艳又耀眼。

"我坐在岩石上，常常摊开书本，K多数时候什么也不干，只是默默地坐着。我完全不知道他是在思考，还是沉湎于景色，抑或是在纵情想象。我时不时抬眼看他，问他在想些什么，他只回答说什么也没想。我常常想着，这样呆呆地坐在自己身边的人不是K而是小姐的话，那该多好啊。我要仅仅是这么想想倒也还好了，可我又忽然想到，K会不会也怀着和我一样的心思，才这样呆呆地坐在这石头上呢？我这么一想，平静阅读的心情顿时丧失殆尽，变得极其厌憎，我猛地站起身，毫无顾忌地大声吼叫了起来。我再也做不到饶有兴味地吟诵那些搜集来的诗呀歌呀的，只能像一个野人那样咆哮。有一次，我突然从背后猛然揪住了他的脖颈问：'就这样把你推下去好吗？'K一动不动依旧背朝着我回答说：'那刚好，推吧。'我摁着他脖颈的手迅即松开了。

"K的神经衰弱这时似乎已经好得差不多了。与其成反比，我却渐渐变得神经过敏起来。看着K比我还要沉着平静，我既羡慕又厌憎。不管我怎样，他对我都是一副置之不理的样子，这让我感受到其中透出了一股子自信。虽然我承认他该有这份自信，但我却对此极不满意。我的疑虑更深了，我想要弄明白他这份自信的性质。K 是在学业和事业上，重又看到了他必须为之奋斗的光明前途吗？如果仅是这样，那么 K 和我之间就绝不存在任何利害冲突，我反倒会因为自己照料他有了好的结果而感到高兴。可是，他的这份沉着如果是因为小姐，那我是绝不会原谅他的。令我诧异的是，他看起来似乎一点也没发现我爱上了小姐。当然，我也不曾在他面前特意表现过这一点。在这种事情上，K 本来就是迟钝的。起初我也是因为觉得 K 这方面让人放心，这才专程把他带到了家里。"

二十九

"我决心向 K 彻底表明自己的心迹，这种想法并非是从那时才开始的。这次旅行出门前，我就打算这样做，但却一直没找到坦率交流的机会，而且我也不擅长制造这种机会。如今回想，那时我周围的人都有点奇怪，关于女性的话题竟无一人谈论。也许是没有谈论的由头吧，即便有点由头一般也会保持缄默。你们今天呼吸着相对自由的空气，一定会觉得这样很变态吧。此乃道学余毒所致，还是一种羞涩，对此如何理解由你自己判断。

"K和我无话不谈。关于爱情和恋爱，我们也不至于全无涉及，但从来只局限于抽象的理论探讨。就算这种程度，我们也极少谈论。我们的话题大多集中于书籍和专业，关于未来的事业、抱负和修养之类。尽管我们如此亲密，但这种僵硬刻板的生活氛围也不可能突然间瓦解。我们两人正是因为僵硬刻板而彼此接近的。自从我想把小姐的事告诉他，不知多少次为自己难以启齿而深感苦恼。我真想在K的脑壳上戳一个洞，从洞里吹进一些柔和的空气。

"这些对你是个笑话，在当时却是我实际面临的重大困难。旅途中我也和在家时一样怯懦。我一直怀着等待时机的心情观察着K，可面对着他那异常昂然的姿态我却完全无能为力。让我来说的话，我觉得他的心脏外如同包裹着一层厚重坚固的黑漆，我试图灌注其中的血潮，一滴也没能进入他心中，反而悉数被它反弹了回来。

"有时，我看着他那副孤傲高冷的神情，也有反倒安心的情况。这时我就会为自己对他的怀疑而后悔，心里暗自向他道歉。我边向他道歉，边觉得自己是个非常低劣的小人，随即对自己感到非常厌恶。可过了一会儿，对他的疑虑重又回来，猛烈敲击着我的心。一切结论都是从怀疑中推断而出的，所以一切结论都对我非常不利。相貌上似乎是K那样的更讨女人喜欢，性格上他也不像我这样小里小气，不拘小节的风度也许更让异性中意，我曾觉得他有点缺心眼，这会儿看来这点倒让他更具有一种坚实的男子气概，比起我来优势显而易见。至于学业，虽然专业不同，但我自然甘拜下风——所有闪现在眼前的全都是对方的优点，我刚刚安顿下来的心情，马上又变得忐忑了起来。

"K 见我一副心神不定的样子，就说要是厌烦了就先回东京吧。被他这么一说，我突然不想回去了。也许是我心里不愿让 K 回到东京吧。我们绕过房州突出的海岬继续向前，头顶烈日，心怀苦闷，问起路来都说就在前头一里远，走起来却是没完没了。我半开玩笑地对 K 说：'真不明白这样走啊走的，究竟有何意义。'K 是这样回答我的：'人有脚，所以走路。'我们走热了，就说下海吧。于是也不管在哪儿，我们就下到海里去泡了一会儿。之后，我们继续在烈日下暴晒，身体软塌塌的，感到极度疲倦。"

三十

"像这样不停地走下去，炎热和疲劳让身体强烈不适，但这和生病是不一样的。那种感觉，就像自己的灵魂突然间寄宿进了别人的身体。我和往常一样同 K 斗着嘴，却感觉自己在渐渐脱离以往的心境。我对他的亲密和厌憎，也似乎成了这次旅行所附带的一道特殊风景。也就是说我们因为酷暑，因为潮汐，以及因为步行，进入了一种和以往不同的新型关系中。那时的我们恰似沿途叫卖的小贩，无论我们说了多少话，都没有触及那些真正伤脑筋的问题。

"我们就这样终于抵达了铫子，途中仅有一个例外我迄今不能忘怀。那是在离开房州之前，我们在一个叫小凑的地方游览了鲷鱼浦。事隔多年，加上我对那儿没太大兴趣，所以记得不是很清晰了。我们听说那里是日莲禅师出生的村庄。传说在日莲禅师出生的那天，有条鲷鱼在二尾矶跳上了岸。从那时起到现在，这村子里的渔民就再也不吃鲷鱼了。海湾里有大量鲷鱼，我们还雇了小船专程出海去看鲷鱼。

"当时我心无旁骛地眺望着海浪。随浪跃动着的鲷鱼略带紫色，我觉得这颜色特别有趣，目不转睛地盯着看。K 看起来却对此没什么兴趣，比起鲷鱼他更像是在脑海中想象着日莲禅师。那儿恰好有座叫诞生寺的寺庙，也许就是因为日莲禅师出生于此而命名的吧，寺院很气派。K 说要去诞生寺会会寺里的住持，我们去了。实话说，当时我们的穿着相当怪异，特别是 K。他的帽子被风吹到海里去了，就买了顶草帽戴在头上。

"我们的衣服上也沾满了污垢，还带着一股汗臭。我说这副样子就别去见什么和尚了，但 K 很固执，根本不听我的。他说：'你要不愿意，就一个人在外面等着吧。'我没辙，只好跟着他一起走进玄关，心想这样进去一定会被和尚拒绝的。没想到和尚出乎意料地郑重其事，很快就让我们走进宽敞气派的客厅，与我们见了面。那时我和 K 的想法大相径庭，没怎么认真听和尚同 K 的谈话，K 好像一直在详细打听着日莲禅师的事。

"日莲禅师又被称为'草日莲'，和尚介绍说日莲禅师的草书非常了不起。K 的字写得很差，他脸上顿时浮现出一副很鄙夷的表情。我对此记忆犹新。比起书法这种小事，也许 K 是想要了解更为深刻的日莲禅师吧。在这点上和尚是否满足了 K 虽是疑问，但他走出寺院后就不停地向我念叨日莲禅师的事。我热得头昏脑涨，根本不是谈论这种事的时候，只是在口头上嗯嗯啊啊地敷衍着，后来觉得敷衍太麻烦了，干脆就彻底沉默了下来。

"记得是次日晚上的事。我们回到住处吃了饭，快要睡下的那会儿，突然因为一个严肃的问题争辩了起来。K 因为昨天跟我聊日莲禅师我没怎么搭腔，他心里感到很不爽。'精神上没进取心的全是蠢货。'言下之意似乎连我也已被他归类于轻浮浪子。当时我的心里正为小姐的事感到别扭，当然不可能对他这种近乎羞辱的言辞一笑了之。我开始为自己辩解。"

三十一

"那时我频繁使用'人味儿'这个词。K 说我在'人味儿'这个词中，掩盖了自己的一切弱点。事后想来确实如此，情况确如 K 所言。但我使用这个词，是想要让 K 承认他自己没有人味儿，出发点是带有攻击性的，当然也就没有自我反省的余地。我仍然坚持这样说。于是 K 就问我，他到底什么地方让我觉得没有人味儿？我告诉他：'你是有人味儿的，说不定还有富余，只是你嘴上总是说些没人味儿的话，还要把自己装成是个没人味儿的人。'

"我这样说时，他只回答我说是因为他自己修养不够，才让别人这样看他。K 居然没有像过去惯常的那样反驳我。我与其说觉得扫兴，不如说突然感觉到他很可怜。我立即停止了争论，他的语调也渐渐变得低沉下来，神情怅然地说，要是我能明白他所理解的历史人物，就不会这样攻击他了。K 所说的历史人物，当然既非英雄也非豪杰，指的是那些为了灵魂而凌虐自身，为了求道而鞭笞肉体的苦修苦行之人。他坦然对我说，我不了解他正为此忍受着怎样的痛苦，实在是太遗憾了。

"我和K说过这些就睡了。第二天，我们又恢复了行脚商贩的状态，汗水哗哗地流着，呼哧呼哧地往前走。走着走着我又想起了昨晚的事，心中燃起了悔恨之念。那是一个不能再好的绝佳机会，怎么就不知不觉把它放过去了呢？我何必要用'人味儿'这种抽象的词语，直截了当向K摊牌不是更好吗？说实话，我挖空心思想出这个词，无非是因为我对小姐的情感，与其从现象中归纳出什么理论向K吹嘘，还不如直接在他面前还原事实的真相，那样岂不是对我更为有利？我之所以没能这样做，是因为我和K的亲密关系建立在学习交流的基调上，其中含有某种惯性，而我则缺乏毅然决然一举将它冲破的勇气。这点我应该坦率地承认。说装得过头也好，说虚荣心作祟也罢，总之就是这么回事。当然我说的'装'和'虚荣心'，和一般意义上的略有不同。你要能明白这一点，我就满足了。

"我们晒得黝黑回到了东京，回来后我的心情又变了。什么人味儿不人味儿的歪理邪说在头脑里基本没留下痕迹，K身上那股宗教信徒般的气息也完全消散不见。他所纠结的灵与肉的关系，此刻恐怕也早已不知去向。我们像两个外星人，来来回回地张望着纷乱忙碌的东京。我们随即来到两国的饭店，不顾天热吃了顿炖鸡。K说就趁着这股劲走回到小石川吧，我的体力比K好，当即就响应了。

"到家时夫人看到我们这副样子吃了一惊。俩人不仅晒得黝黑，还因为一路胡乱走，弄得瘦了许多。尽管如此，夫人还是称赞我们说这样看起来更结实了。小姐说夫人说的话前后矛盾，太奇怪了，说着她又笑了起来。旅行前我常常为此生气，这时却觉得很愉快。虽说是场合不同，但还是因为很久没有看见小姐的缘故吧。"

三十二

"不仅如此，我注意到小姐对我的态度和之前比有些变了。隔了很久从旅途归来，在恢复往日的平静之前，各种事都需要女人帮忙。一直照料我的夫人固然如此，小姐看起来也似乎一切以我为优先，而把 K 安排在了后面。如果她做得太明显，未免让我为难，有些场合说不定反倒会令人不快。但小姐做得很有分寸，我很高兴。她似乎只是想让我一个人明白，她把与生俱来的温情更多地放到了我身上。所以 K 看上去并没有表现出不高兴，显得心平气和，而我心中却对他秘密地奏响了凯歌。

"夏天不久就过去了。从九月中旬起我们又得回到学校去上课。K 和我因为课程不同，出入时间依然是彼此错开。我比 K 晚到家的日子一个星期有三次，无论我什么时候回来，在 K 的屋子里再也没有看到过小姐的身影。K 和过去一样还是抬眼看着我，有规律地重复着：'才回来啊。'我向他点头也基本属于机械的示意，完全没有任何含义。

　"记得是在十月中旬。那天我睡过头起晚了，穿着和服就匆忙赶到学校。为了节省系鞋带的时间，我穿着拖鞋就冲了出去。按课程表，那天我应该比 K 先到家。于是一回家我就哗啦推开了门，屋里却响起了 K 说话的声音。我原本还以为他不在家，接着小姐的笑声也传到了我耳中。我没穿平时那双费事的高帮鞋，所以马上就走进玄关拉开了隔扇门。我看见了坐在桌前的 K，一如往日，但小姐已不在屋里。我刚好看见她从 K 的房间里逃跑似的闪身而出的背影。我问 K 怎么回来得这么早，他说感觉不大舒服所以休息下。我走进自己的房间，刚坐下，小姐就端着茶进来了。这时她才跟我打了个招呼：'回来啦。'我没法做到笑着问她刚才为什么要跑。我不善于妥善处理这种情况，而是一个把这种细节都存在心里过不去的那种人。小姐马上起身，沿着走廊走向对面。但她在 K 的屋子前却停下脚步，说了些什么，好像是他们刚才没说完的话。我没听见前面，也不知他们说的是什么。

　"小姐的神态没过几天就渐渐变得坦然了。K 和我都在家时，她也时常走到 K 的屋前叫他名字，然后从容地走进去。

有时是给他送邮件，有时是给他送洗好的衣服。同住一个屋檐下，两人有这种程度上的交集应该是理所当然的吧。但我心里涌动着对小姐强烈的独占欲，怎么也不能将此视为理所当然。有时我甚至觉得小姐是故意回避进入我的房间，而只去 K 那儿。要这样的话你也许会问，为什么不让 K 搬出去呢。可我要这样做了，当时我把他硬拉到这儿来的理由就说不通了，我没法这样做。"

三十三

"那是在十一月一个寒冷的雨天。我穿着被淋湿的外套，和往常一样穿过源觉寺，从一条细窄的坡道回家。K 的屋子没人，火盆里新添的炭却燃烧着，看起来很暖和。我急着在炭火上烤烤这双冰凉的手，匆匆忙忙打开了自己房间的隔扇门。可我的炭盆里却只有一堆冷冰冰的白灰，连火苗都熄灭了。我顿时心生不快。

"这时听到了我的脚步声走过来的，是夫人。见我默然站在房间里，她怜悯地帮我脱下外套，换上了和服。随后又听我说冷，赶紧从外间把 K 的火盆搬了进来。我问：'K 已经回来了？'她回答说：'回来又出去了。'那天按理也是 K 应该比我晚回来的日子。我正琢磨着，夫人说可能有点什么事吧。

"我坐下来看了会儿书。家里静悄悄的，听不到任何人说话的声音，初冬的寒意和困顿随着这寂静似乎渗透进了我的身体。我马上合拢书站了起来，忽然想要去繁华喧闹的地方走一走。雨似乎终于停了，天空仍像冰冷的铅一样沉重。我怕雨再下就扛了把油纸伞，沿火炮工厂后院的土墙向东往坡下走。那时路面还没扩建，坡度比现在要陡得多，路很窄且不直。下到坡底，南面有高层建筑拦阻，下水也做得很差，路上一片泥泞，特别是过了小石桥通向柳町的那一段尤其糟糕，就算穿着高木屐、长筒靴也不可随便走。行人必须走在道路正中，踩着泥浆自然分开的狭长地面，小心翼翼地跳着。这条狭长地面只有一两尺宽，就像踩在一条随手铺就的长带上，行人排成一列陆陆续续穿过去。我正是在这狭长地带砰地撞见了 K。当时我只顾着注意脚下，撞上他之前根本没注意到他的存在。前面被挡住了去路，我无意间抬起头，这时才发现面前站着的是 K。我问他上哪儿去了，K 含糊回答说就去了下那儿。他回答的口气和往常一样敷衍。我们在这条狭长地带上侧身交错而过。接着，我看见了他身后站着一个年轻的女人。我近视，看出去模模糊糊的，直到让过 K，我才看清了这女人的脸，不正是家里的小姐吗？这让我吃惊不

小。小姐的脸微微红了，向我问好。那时女人的发型跟现在不同，发鬓两侧并不隆起，而是把头发像蛇一样一圈圈盘在头顶上。我呆呆地看着小姐的头，随即才注意到两人中必须有一方要让开路。我果断地把一只脚踩进了泥里，留出一块比较容易通过的地方让她过去。

"然后我来到了柳町大街，要上哪儿连自己也不清楚。当时的心情感觉去哪儿都没意思。身上会不会溅到泥我也无所谓了，我在泥泞中啪叽啪叽地走着。然后我就直接回家了。"

三十四

"我问 K 是不是同小姐一起出去的。K 说不是。他解释说是在真砂町偶然相遇，一起回来的而已。我不得不控制住自己，不能再追问下去了。吃饭的时候，我问小姐同样的问题。她又绽开了我一向讨厌的笑容说：'上哪儿去了，你猜。'那时我还是个脾气暴躁的人，被年轻女子这样轻巧地戏弄，马上就生气了。但饭桌上只有夫人注意到了我的不高兴，K 仍然一副若无其事的样子。

"小姐的态度是故意为之，还是因为天真而无意流露，关于这一点我无法清晰分辨。在年轻女子里，小姐虽然是属于善于思考的，但我所讨厌的所有年轻女子的共同习性，她也并不能说没有。而我对此的厌恶，则是从 K 来这里后我才开始察觉到的。我该将此归结于对 K 的嫉妒呢，还是应该看成小姐对我耍弄的技巧？如何分辨，我惘然了。到今天我也依然不想扑灭我当时心中的嫉妒之火，因为经过了多次反复，我已明确认识到这种情感在爱情中的作用。从旁观者的角度看，这种情感大多是在微不足道的琐事中冒出头来的。顺便说，这种嫉妒不正是爱情的一个侧面吗？我结婚后，自己感到这种情感在渐渐淡薄，而与此相应地，爱情也不像原先那样热烈了。

　　"我开始考虑是否将自己一直犹豫不决的内心，毅然决然地向对方坦露。我说的对方并非小姐，而是指夫人。我想同夫人展开一场开诚布公的谈判，请她把小姐嫁给我。我虽然下了这样的决心，却又一天天地拖延了下来。说起来我无疑是个优柔寡断的男人，你这样看我也并无不可。实际上，我踟蹰^{chí chú}不前却并非是因为我胆气不足。K 还没来的时候，我怕上了别人的圈套，强行压抑自我，没有采取任何动作。而 K 来了以后，我又怀疑小姐是否属意于 K，这种疑虑也不断抑制着我。如果让小姐真正倾心的是 K 而不是我，那么这样的爱情就没有说出口的价值了。这和害怕蒙受羞辱是不同的。不管我有多么思念她，若对方在向他人暗送秋波，那和这种女人在一起我也会感到厌恶。世上有一种人，不管对方是否愿意，只要把自己喜欢的女人娶了回来就很高兴。在当时的我看来，这要不是那些比我们更为世故之人所为，要么是无法理解爱的真谛的愚蠢之举。其实只要娶了回来，这也好那也好，一切都会就此平息。我头脑发热，以至连这么浅显的道理都无法明白。总之我是个极其高尚的爱情理论家，同时又是个极其迂腐的爱情实践者。

"对这位至关重要的小姐，长期相处期间我经常有向她直接告白的机会，我都故意回避了。日本的习俗是不允许直接这样做的，当时我抱有这种固执的念头。但绝不能说仅仅是这观念束缚了我。因为我还认为日本人，尤其是日本的年轻女性，在这种情况下，都缺乏公然表达自我的勇气。"

三十五

"正是因为如此，我进退失据束手无策。在身体状况不佳时睡午觉，有时醒来会感觉周围的一切都清晰可辨，但手脚却无法动弹。我时常陷入这种他人无法感知的痛苦。

"不久过了新年，冬去春来。有一天夫人让K去叫几个朋友来打牌，K应声答道朋友什么的他一个也没有。夫人有点吃惊。能跟K称得上朋友的人，确实一个也没有。邂逅时偶尔打个招呼的人多少还有一些，但交情绝不会到能一起打牌的程度。夫人转而问我，要不把我认识的人请来怎样。不巧我也没什么心情打牌，含含糊糊应了声，就把这事置之脑后了。可是到了晚上，K和我还是把小姐拉了出来。没什么客人来，就家里几个人玩玩牌，显得特别安静。而且K不会玩，就像揣着手看热闹似的。我问K他到底会不会玩这'百人一首'¹，他说不大会。小姐听了我这话，可能觉得我是看不起K吧，然后就明显地帮着K出牌。最后，两人几乎结成了一伙和我对打，弄得我差点要跟他们吵起来。所幸K的神情和开始时没什么变化，看不出一点得意的神色，这才让这场牌局平安收场。

"之后过了两三天，夫人和小姐一早就出门说是去市谷的亲戚家。那时K和我都还没开学，就被留下来看家。我不想看书，也不想出去散步，只是漠然地用肘部挂着火盆的边，托着腮帮子思考。隔壁房间里的K也一声不响。屋子里静得两边都不知是否有人。这种情况在我们两人的关系中已不足为奇，因此我也没有特别在意。

---

1. 百人一首：日本的一种纸牌游戏。

"到了十点左右，K意外地拉开隔扇门和我对视。他就站在门槛上问我在想些什么。我原本什么也没想，如果说在想的话，也许和往常一样在想小姐的事吧。想小姐是当然的，也会连带着想到夫人。近来K像一个无法摆脱的人，总在我头脑里打转，使这问题变得复杂了起来。我看着K，虽然一直朦胧地觉得他是个障碍，但显然又不能这样回答他。我沉默地盯着他的脸看。这时，K毫不客气地走进我的房间，在我的火盆前坐下。我随即从火盆上放下双肘，把火盆向K那边微微推了推。

"K接下来说的话和以往迥异。他问夫人和小姐到市谷的什么地方去了。我说大概是去了婶婶家吧。他又问这婶婶是个什么人。我告诉他应该也是个军人的家眷。然后他质问我，女人拜年一般是在十五过后，她们怎么这么早就去了。我只能敷衍地表示我也不知道为什么，此外我也不知该说些什么。"

三十六

"小姐和夫人的话题，K一直说个不停，弄到后来我也无法回答。他的问题让我觉得麻烦，更让我感到不可思议。想起以前说到小姐和夫人时 K 的反应，我不能不意识到 K 的状态完全变了。'怎么今天老说这事？'我终于忍不住问他。当时他就突然沉默了下来。我注视着他嘴角的肌肉，它似乎在颤动着。K 原本就是个很沉闷的人。他有个习惯，平时想要说什么的时候，总是先要紧闭住嘴唇像在用力咀嚼，嘴里似乎含着语言的重量，而嘴唇则在反抗着他的意志，不愿轻易打开。所以声音一旦从他嘴里破口而出，就比一般人拥有翻倍的力量。

"盯着他的嘴唇，我立即感觉到他要说点什么了。他当真是在准备着什么吗？我对此完全没有预感，所以吃惊不小。你想象一下当时的我吧，从他笨拙的嘴里，公然吐露出对小姐难舍难分的爱。我似乎在他的法杖下瞬间石化，甚至连嚅动嘴唇都无法做到了。

"那时的我堪称是一团恐惧之物，或者说一团痛苦之物也行。总之我凝缩成了一个团块，从头到脚瞬间僵硬得如石如铁，甚至丧失了呼吸的弹性。所幸这种状态没有持续多久，瞬间之后我又恢复了人形。随后我立即想到：失策！被他抢到前头去了。

"但是，该如何往下继续，我却完全没有头绪，可能是没有思考的余裕吧。汗水从我的腋下渗出，浸透了衬衣，散发出难闻的气味，我一动不动地忍受着。K 这时不停地张合着他沉重的嘴巴，断断续续地倾诉着他的内心。我痛苦难耐。我这痛苦像一张巨大的字迹清晰的广告般贴在了我的脸上，就算 K 这样迟钝的人想必对此也是一目了然的。但 K 此时的全部精力都集中在了他自己的事情上，对我的表情之类完全无暇顾及。

"他的自白从始至终贯穿着同样的语调，凝重、迟钝，从而给我一种轻易不可动摇的感觉。我的心一半在听他倾诉，另一半却不停地想着'怎么办怎么办'。他诉说的细节我也同样听而不闻，唯有从他嘴里蹦出来的词所形成的语调在我胸中鸣响。我不仅感受到了前述的痛苦，时而还感受到了恐惧。那种对手比自己更强大的恐惧感开始在我心里萌发。

"K 倾诉完毕，我却什么也说不出了。我是否也要在他面前做同样的表白呢？我的沉默并非是在权衡说与不说的利害关系，而仅仅是什么也说不出来，也没有想要说的心情。

"吃午饭时 K 和我同桌相对而坐，女佣伺候我们。我从来没吃过这样难吃的饭。两人吃饭时几乎没说话，也不知夫人和小姐什么时候才回来。"

三十七

　　"我们回到各自的房间后没再照面。K和早晨一样静悄悄的，我也一动不动地思考。

　　"我感觉自己理所应当向K表明心迹，然而又觉得时机已过有点晚了。为什么刚才不打断他的倾诉展开反击呢？我觉得这是个很大的失误。哪怕是在他说完之后，紧接着把自己的所思所想也说出来，那样也还好些。如今K的表白已告一段落，自己再去跟他说同样的事，怎么想都觉得太奇怪了。这种取胜之道太不自然。我的脑袋因悔恨而一阵阵发晕。

　　"K要是再打开隔扇门从隔壁冲进来就好了，我想。要我说，刚才就像遭遇了一场突袭，我没有丝毫应付的准备。我试图把上午失去了的东西夺回来，时不时抬眼看隔扇门。可那扇门却总是不开，K陷入了长久的沉寂。

　　"不久，我的头脑就被这寂静渐渐搞乱了。一想到K在隔扇门那边正想着什么，我就觉得难以忍受。虽然平日我们也一直这样，隔着一层薄门彼此一声不响。一般常态下，他越安静我就越忘记他的存在。但这时我已完全失态了。可即便如此，我也无法从这边主动打开这扇门。有些话一旦错过了说出口的机会，除了等候对方启动一个新机会外，我别无办法。

"后来我实在待不下去了。再勉强熬下去，就会破门而入闯进K的房间。我无可奈何地站起身，从走廊一侧出来走进茶室，惘然地倒了一杯铁壶里的热水，一口气灌了下去。然后我就走出了家门，似乎在特意回避着K的房间。就这样我站在街上，当然，我无处可去。我只是一个人待不下去了，去哪儿并无所谓。我在正月的大街上走着，可无论怎样走我脑子里仍然塞满了K。与其说我在竭力摆脱K，不如说我是在主动地品味着他的阴影，同时漫无目的地闲逛着。

"首先我觉得K变得让我难以理解了。为什么他会突然向我倾诉这种事？难道他的爱炽烈到了非要向我倾诉不可的程度吗？而平时的K又被风刮到哪儿去了呢？这一切都让我难以理解。我知道他很强，也知道他很认真。在决定我今后应对的态度前，我相信我有太多问题要向他问清楚了。而且从此往后，要与他成为情敌，这让我感觉很糟。我一边想着这些一边在街头走着。眼前总是浮现出K静坐在屋里的面容，述说他不可动摇的声音也隐隐从某处传来。总之，我觉得他似乎成了一种鬼魅，甚至感觉到我或将长久地背负着他所带来的恶果。

"我走累了回到家时，他的房间里依然保持着空无一人般的寂静。"

三十八

"我刚到家不久就听到了黄包车的声响。现在这样的胶皮轮胎当时尚未出现，讨厌的咯噔咯噔声隔着老远就能钻进耳朵里。过了会儿，车子在门前停下。

"大概过了半个钟头，我被叫出来吃晚饭。夫人和小姐的礼服刚换下还没收起来，五颜六色地胡乱堆在隔壁房间里。她们说是怕回来晚了过意不去，才急匆匆地赶回来为我们准备晚饭。但对夫人的善意，K 和我都没有予以回应。我坐在饭桌旁，像一个惜字如金的人般只是冷淡地应付着，K 比我更为寡言。夫人很少带着女儿一起出门，母女俩都显得比平常要开心，相形之下我俩的神情就更惹眼了。夫人问我怎么了，我说感觉不大舒服。我确实心里不舒服。小姐随后也问 K，K 没像我那样回答说心情不好，只是说他不想开口说话。小姐追问他为什么不想说话。当时我唰地抬起低垂的眼睑看着 K 的脸，好奇地想听听他会如何回答。K 的嘴唇同往常一样微微震颤起来。在不知情的人看来，只会觉得他是不知如何回答才好。小姐笑着问他：'是不是又在思考什么严肃的问题啦？'K的脸上微微泛起了红晕。

　　"那晚我上床比平时要早。夫人惦记着我晚饭时说的感觉不舒服，十点左右给我端来了荞麦面汤，当时我的房间已经全黑了。夫人'喂喂'叫了两声，把隔扇门微微打开了一条缝。一束灯光从K的桌上朦胧地斜射进了我的房间，看起来K还没睡。夫人在我的床边坐下说：'大概是感冒了吧，喝了暖暖身子。'说着把汤碗递到我的嘴边。我不得不把稠糊糊的面汤当着夫人的面喝了下去。

　　"我在黑暗中思考到很晚。当然，那只不过是把同一个问题思来想去，不能取得任何效果。我突然想到，这会儿K在隔壁干什么呢？我下意识地'喂'了一声。对面也'喂'了声回应过来，K也还醒着。我隔着隔扇门问：'还不睡吗？'他简单地应了声：'这就睡。'我又问：'在干什么呢？'这次K没有回答。大概过了五六分钟的样子，我听到哗啦一声打开橱柜，似乎是在铺被子的声音。我又问：'几点了？'K回答说：'一点二十了。'又过了会儿，就听到噗地吹灭油灯的声音，整个房间在一片黑暗中唰地陷入了寂静。

　　"可我的眼睛却在黑暗中变得越来越清亮，我又在半下意识的状态中对K'喂'了一声。K的语调同刚才一样，也'喂'了声回过来。终于，我主动说想跟他详细聊聊今天早上他说的事，问他有没有这想法。我当然不愿隔着隔扇门跟他交流这件事，但我至少可以马上得到 K 给出的应答。刚才我'喂'了他两次，两次他都坦然地回应了，但这次他却没有应声，只是很小声地嘀咕了句'原来是这样啊'。这又让我吃了一惊。"

三十九

"到了 K 含含糊糊应答我的第二天、第三天，他依然神情如故，没露出一点想要主动谈及那问题的迹象。确实也没机会。我心里明白，要是夫人和小姐没一起出门，让家里空出一天，我俩是没法心平气和慢慢来谈这件事的。道理虽然明白，我却又莫名地焦虑。起初我准备等着由 K 来提起这事，但最终我下了决心，只要一有机会我就主动去跟他谈。

"同时我默默地观察着家里人的动静，夫人的神情同小姐的举止和平时没什么变化。她们的举止在 K 向我倾诉的前后如果没发生变化，那就可以确定 K 仅仅是向我倾诉了他的心事，而并未在其关键对象，以及她的监护人即夫人面前提过。想到这里我稍许踏实了点。如果是这样，那与其勉强制造机会，由我刻意挑起话头，倒不如及时抓住自然出现的时机，别再放过更好些。这样一想，我就把这事又悄悄地在心里放了下来。

"整个过程听起来很简单，但在我亲历其境的内心里却如同潮涨潮落，种种高低起伏。我看着K不动声色的样子，由此会联想到各种含意；观察着夫人和小姐的言行举止，又会怀疑她们表现出来的是否和她们内心一致。我真想在人的胸腔里装上一部复杂的机器，能像时钟的指针那样简单明了、毫无虚假地指向表盘上的数字。总之，我就是这样把同一件事颠来倒去反复地推敲后，好不容易才在此处定下神来。说得更抽象些，这种情境下使用'定神'之类的词也许并不准确。

"不久，学校又开学了。我们在课时相同的日子里一起出门，赶巧的话放学也一起回家。从外表看K和我依然很亲近，跟以前没什么不同，但内心里肯定各有各的想法。有天在路上我突然逼近了K，我首先问他前些日子的那些倾诉，是只对我一个人说过，还是跟夫人和小姐也说了。我此后所要采取的态度，我觉得必须根据他对这个问题的回答来决定。他坦率回答，除我之外没向任何人提起过。此事正如我所推断的那样，我心里一阵高兴。我知道K比我脸皮厚，也知道在魄力上自己不是他的对手，然而另一方面我又奇异地信任他。K虽然因为学费骗了他养父三年之久，我对他的信任却丝毫

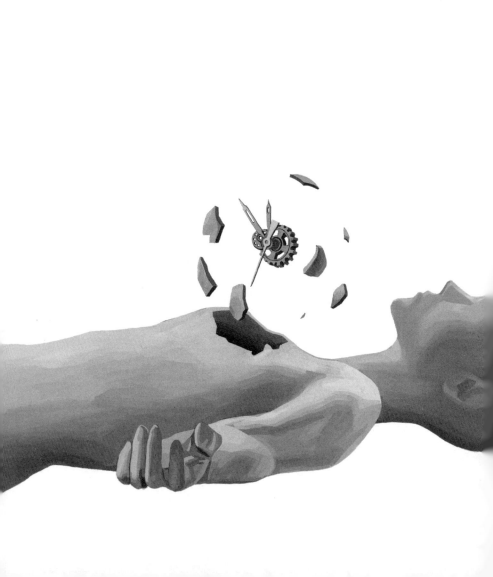

不受影响，甚至为此我反而更信任他了。尽管多疑如我，对他这明确的答复，心里一点也没产生否定的想法。

"我又问他打算如何处理自己的爱情，仅仅是告白，还是想要通过告白达到实际的目的？然而我一问到这，他就不回答了，默默地向坡下走去。我央求他不要对我隐瞒，怎么想的就怎么说。他断然回答说：'对你没有任何隐瞒的必要。'但他对我想了解的要点，却一句答复也不给。我们走在路上，我也不可能特意停下来打破砂锅问到底，这事稀里糊涂就这样过去了。"

四十

"一天我走进了久违的学校图书馆。我在一张大桌子的角落坐下，半边身子享受着透过窗户落下的阳光，一边随手乱翻着新到的外国杂志。我的指导老师命我在下周前查阅一些专业资料，可要查的东西总也找不到，我不得不连着换借了好几本杂志。最后我总算是找到了自己需要的论文，专心致志地读了起来。这时大桌子的那头有人在小声地叫着我的名字。我抬眼看去，站在那儿的是 K。他的上半身弯下来贴向桌面，把脸靠近我。如你所知，在图书馆里高声说话妨碍他人是不允许的。K的动作极为普通，谁都会那样做，我在那一刻却感到这很不可思议。

"K低声问我：'在用功吗？'我说在查点东西。可他的脸还是没离开我，用同样低沉的语调说：'一起去散个步吗？'我说：'稍等我一下，一起去也行。'他说：'那我等你。'说着就在我前面的空位上坐了下来。这一来我顿时就漏了气，杂志也看不下去了。不知为何我总觉得K怀揣着一个阴谋，是来找我谈判的。我只好合上读了一半的杂志，正要站起来，K平静地问：'看完了吗？'我回答说：'无所谓了。'我还了杂志和K一起走出了图书馆。

"我俩并无别处可去，就从龙岗町走到池端，进了上野公园。这时他突然开口谈起了那件事。前后综合起来分析，K似乎就是为了谈这件事才把我拉出来散步的。但他的态度依旧一点不愿接触问题实际的那一面，只是漠然地问我是怎么想的。'怎么想的'这句话的意思是在问我如何看待坠入情网的他。一言以蔽之，他希望我对现在的他进行批判和分析。在这里，我觉得自己确凿发现了他和以往的不同之处。虽然有过多次反复，但K的天性并不在乎别人对他的看法。只要他信了一件事，他就会怀着独自进取的胆量和勇气一个人不断地走下去。他和养父家发生的事件，就将他的这一特点强有力地铭刻在我脑海里。而他此刻的状态却迥然相异，我理所当然地意识到了其中的反常。

"我问 K 为什么我现在的评价对他是必要的。他用和平日不同的语调犹豫地说，他是个软弱的人，为这事感到很羞愧。还说他已困惑得连他自己也不知该怎么评判自己了，所以除了向我寻求公正的建议外，他已别无解决之策。我立即追问他，他说的困惑是什么意思。他解释说，不知是往前走好还是往后退好，这就是他的困惑之处。我随即进一步追问：'如果后退的话你能做得到吗？'K 的话头在这儿一下子被堵住了，他只说了句：'会很痛苦。'实际上，他表情里的痛苦之处也清晰可辨。如果他爱的对象不是小姐，我一定会给他一个他所期待的回答，就像把甘霖洒落在他饥渴的脸上。我相信自己是一个生来就具有这种美好同情心的人，但那时的我并非如此。"

四十一

"如同和别的门派比试武艺，我窥探着 K。而把我的眼睛、心脏、身体……一切称之为我的东西都保护得严严实实，不留半点缝隙。无辜的 K 与其说漏洞百出，不如说他此刻粗心大意，门户洞开。就像我从他手里取过他秘藏的要塞地图，站在他面前从容不迫地慢慢查看。

"K正在理想和现实间彷徨，我紧盯着能让他一击必倒的弱点，随后乘虚而入。我立即摆出一副严肃的面孔，当然是出于计策。由于这种严肃自带与其相适应的紧张感，我已无暇顾及自己这样做有多么滑稽和可耻。我首先放出一句：'精神上没进取心的全是蠢货。'这句话是我们俩房州行时，K对我说过的。现在我把他对我说的话，用和他同样的语气，扔还给了他。但这不是报复。我向你坦白，其中含义远比报复要更残酷。我就用这一句话，放在K的面前堵住了他爱情的出路。

"K出生于真宗寺。但他的思想倾向从中学时代起，就和真宗本愿寺派的宗旨并不相近。教义上的区别我并不是很了解，也知道自己没资格谈论这种事，我仅仅是从男女关系这一点上来判断。K很早以前就喜欢使用'精进'一词，我理解这个词中或许含有禁欲的意思。后来我才明白，这个词含有比禁欲更为严厉的意味，以至于使我震惊。他的第一信条乃是'为了求道一切都应成为奉献之物予以舍弃'。节欲或禁欲是题中应有之义，纵然脱离了欲念的爱情，也是求道的障碍。在K自己挣钱生活的那段日子里，我经常听到他谈论这种见解。那时我正暗恋着小姐，势必反对这种看法。我一表示反对，他就流露出一副很悲悯的表情。在这副表情中，比同情更多的是轻蔑。

"正因为我们有着这样的来龙去脉，'精神上没进取心的全是蠢货'这句话，必定会深深刺痛 K。如前所述，我说出这句话的本意，并不是想要摧毁他苦心经营的过去，恰恰相反，我希望他沿着过去的道路继续修行下去。求道也好，上天也好，这些我都无所谓。我担心的仅仅是他突然转换了生活轨道，与我发生利害冲突。要而言之，我说出这句话纯粹是出于自私的心理。

"'精神上没进取心的全是蠢货。'

"我把同一句话又重复了一遍，然后观察这句话对他产生了什么影响。

"'蠢货，'他顿了下说道，'我就是个蠢货。'

"他忽然停住脚步站在那不动了，低头紧盯着地面。我意外地惊了一下，感觉他在一瞬间翻脸成了胁迫我的强盗。尽管如此，我终于注意到他的声音几乎是软弱无力的。我想确认下他的眼神作为参考，但他到最后也没有抬头看我，只是又向前徐徐走了起来。"

四十二

　　"我和 K 并肩走着，心里暗暗等着他接下来要说的话，也许说埋伏着等他更恰当吧。那时就算说我是在引诱着伏击他也不为过。当然我受过良好的教育，良心亦未泯灭，如果这时有人走到我身边，小声对我耳语一句'你真卑鄙'，也许一瞬间我就会'啊'地清醒过来。如果这人就是 K，恐怕我也会在他面前满脸通红无地自容吧。唯有他对我的责备是最为公正、最为单纯的。他太善良了。执迷的我不但忘记了对此应予致敬，反而将其视为机会，想要利用这点将他一举击垮。

　　"过了会儿，K 看向我，叫了声我的名字。这次是我自然地停下脚步，于是他也停了下来。我这时才从正面看见了他的眼睛。他的个子比我高，我要看着他的脸就必须仰起头来，当时我的心态就像一匹狼看着无辜的羊。

　　"'这事就别再提了。'他说。他的眼、他的话语都带着极端的痛苦，我一时无言以对。'别提了吧。'这次他改口用了恳求的语气。我那时给他的回答是残酷的，就像狼瞅准时机一口咬住了羊的咽喉。

"'别提了？这可不是我先说起的，本来不就是你起的话头吗？你要不想再提当然也行。但要是你心里没下决心，光嘴上不说又有什么用呢，你究竟想要怎样实践你平时的主张？'

"这样说时，我感觉到高个子的他在我面前自然而然地萎缩变小了。K 正如我平时说的那样是个非常偏的人，另一方面也比他人加倍实诚。一旦有人强烈指责他自相矛盾时，就 K 的性格而言是绝对做不到心平气和的。我看着他的这副样子终于安下心来。这时他突然说道：'决心？'我还没来得及回答，他又接着说：'决心——不下决心是不成了。'他的语调像在自言自语，又像在说梦话。

"我们俩的谈话就到此为止，我们向小石川的住所走去。那是个风和日暖的日子，但毕竟是冬天，公园里很冷清。被霜打过后的杉树林失去了以往的青翠变成褐色，它的枝条排列着指向微暗的天空，当我们回头向它们看去时，那种心情就像感觉到一阵寒意紧紧咬住了我们的背。我们快步穿过黄昏下的本乡台，走下延伸到对面高地的小石川山谷。走到这会儿，我才终于感到外套下的身子有了点温热的感觉。

"因为走得急吧，我们在回家的路上几乎没有说话。回家坐到饭桌前的时候，夫人问怎么回来晚了。我回答说是 K 约我到上野公园去了。'这么冷的天！'夫人露出了惊讶的表情。小姐追问我们上野公园里有什么。我只回了句什么也没有，就是散步而已。一向不大说话的 K 比平时更沉默了。尽管夫人在问话，小姐在微笑，他却连个正经的回应也没有，只顾着把饭扒进嘴里。我还没有离开饭桌，他就已起身回自己房间去了。"

四十三

"那年代尚未出现什么'觉悟''新生活'之类的词。但 K 之所以不能彻底抛弃旧我，毅然打开新的人生方向，并非他缺乏现代观念。对他来说过去中包含着难以舍弃的珍贵之物，甚至可以说他正是为此才活到今天的。K 没有笔直地向自己爱的目标疾行，但这绝不能作为他爱得不够彻底的证据。无论情感之火燃烧得如何炽烈，这人都不会盲目地行动。让他不顾一切冲动任性的机会既然未曾降临，那么他就不得不略略停下脚步回顾过去的自己。这一来，他就只能遵循以往走过的道路继续走下去了。此外，K 还具有现代人所欠缺的倔强和忍耐力。在这两点上，我自认为已然看穿了他的心。

"从上野回来的那晚，对我来说是相对平静的一夜。我紧跟着 K 回到屋里，在他的桌旁坐下，故意跟他闲扯了些有的没的的八卦。他感到很困扰。我的目光中多少流露出了些胜利的光彩吧，我的声调里确实带着得意的回响。和 K 在同一个火盆上烤了会儿手，我就回到了自己的房间。在任何方面都不如他的我，只有在这一刻，才觉得他是不足畏惧的。

"不一会儿我就坠入了沉稳的睡眠，可突然听到有人在叫我的名字。睁眼看去，隔扇门只拉开了两尺左右，K 的黑影站在那儿，他的屋里还亮着灯。睡与醒两个世界的急速切换，让我一时说不出话来，呆呆地望着这幅画面。K 问我：'睡了吗？'他平时总是很晚才睡。我看着一条黑影般的 K 反问他：'有什么事？'他说：'没什么大事。刚才去上厕所，想到你不知睡了没就顺便问问。'灯光落在 K 的背上，我完全看不清他的表情和眼神，只是感觉到他的声音似乎比平常更为沉稳。

"停了会儿，他'砰'地拉上隔扇门，我的房间重又沉入黑暗。在这黑暗中我合上眼前往更为幽静的梦，之后我就什么都不知道了。第二天早上，我想起昨晚的事总觉得有点不可思议，我想那场景不会是做梦吧。吃饭时我问了 K。他说确实打开过隔扇门叫了我的名字。我问他为什么叫我，他又不肯明说。我正觉得没意思，他却问我这些日子能安睡吗，我觉得他问得很奇怪。

"那天我们上课时间刚好相同，不一会儿两人就一起出了门。我从早上起一直惦记着昨晚的事，路上还在追问他，K 仍然没给我满意的回答。我试探着问他，是不是关于那件事还有什么话要说。他断然否认说并不是。听起来似乎是在提醒我——昨天在上野不是说过'这事就别再提了'吗？在这问题上 K 的自尊心非常强。当我突然意识到这一点，立即联想起他用过的'决心'这个词。迄今为止我从未在意过的这两个字，开始以一种奇异的力量控制住了我的心。"

四十四

"我当然了解 K 颇为果断的性格，也非常清楚他仅仅在这件事上优柔寡断的原因。也就是说，我自以为在掌握了他的一般性的情况下，又抓住了他在例外情况下的特殊性，为此我感到有些得意。可当我在脑海中反复咀嚼过他的'决心'二字后，我的得意又渐渐失去了光彩，最后竟然感到了动摇。这种情况对他来说，也许并非什么例外。我开始怀疑，他把所有的困惑、郁闷和懊恼全部累积在心中，然后正在寻求将它们一举解决的最后手段。当我用这样的新眼光重新审视这'决心'二字时，我怔住了。如果，当时我怀着这种惊诧，冷静下来再重新审视一遍他这'决心'的含义就好了。可悲的是，我怀着偏见，只把这个词理解为了 K 将对小姐死追到底。

以 K 果断的性格，他也将在恋爱方面贯彻他的意志，这就是他所说的'决心'的意思吧。当时我一门心思这样想。

"我心中一个声音随之鸣响：'你也必须做出最后决断了。'我立即鼓起响应这声音的勇气，下了决心。一定要抢在 K 的前头，在他不知不觉间就把这事给办了。我默默地窥视着机会，可两天过去三天过去，我竟然没有捕捉到任何机会。我考虑的机会是，等 K 和小姐都不在家时和夫人单独进行谈判。但其中一个不在家时，另一个却总是故意留下碍事似的，日子就这样一天天过了下去。怎么也等不到'就是现在'这样的好机会，我焦躁得不耐烦起来。

"一星期过后我再也忍不下去，就装了病。夫人、小姐和 K 都催我起床，我只是含含糊糊地答应，到十点前后还裹在被子里躺着。家里安静下来，我判断 K 和小姐都走了才起来。夫人一见我，就问我哪不舒服了。说：'吃的东西会给你送到床头，再睡会儿说不定就好了。'我身体并无异常，实在不想再睡，洗了脸就和往常一样到茶室去吃饭。这时夫人坐在长火盆对面帮我盛饭。我手里端着既是早饭又是午饭的碗，满脑子都在盘算着怎么和夫人说这事，从外表上看确实也有点像个不舒服的病人。

"饭吃完了，我点上了烟，我没走夫人也不好从火盆旁起身离开。夫人叫来女佣收拾了碗筷，然后她在铁壶里续上水，又擦拭着火盆的边框陪着我。我问夫人有没有什么急事，她说没有。然后她问我为什么这么问，我回答有点事想跟她说。夫人看着我，问我什么事。夫人的语调很轻松，似乎完全没有察觉到我的心情。这一来我下一句要说的话，就变得有些不流畅了。

"我在如何措辞上犹豫兜转了许久，无奈之下含含糊糊地问夫人，这些天K没跟她说过什么吗。夫人很意外，反问我：'说什么？'还没等我回答，她追问了句：'他跟你说过了什么吗？'"

四十五

"我不愿把K对我的倾诉告诉夫人，就说没说什么。随后我又为自己的撒谎感到了不自在，无奈之下只好改口说自己想说的不是关于K的事，因为也确实不记得K托我转告过什么。夫人应了声'哦，是这样啊'，等着我说下去。我已到了无论如何必须说出口的这一步，我突然说：'夫人，把小姐嫁给我吧！'夫人并没有流露出我预想中的惊讶，看起来像一时不知怎么回答，默默地看着我。话一出口，不管她怎么看我都已无法再停下来了。'拜托，请务必拜托！'我说，

'请一定让小姐做我的妻子。'夫人毕竟年龄较大，比我沉着得多。'嫁给你可以呀，可怎么这么着急呢？'她说。我立即答道：'我马上就想要娶她。'说着我笑了起来。随后夫人追问了句：'仔细考虑过了吗？'我用很肯定的词句向夫人解释：'求婚虽然有些突然，但这想法却是早就有了。'

"那之后还有两三个问答，不过说的是什么我都忘记了。夫人的性格像男子一样爽快，和一般女性不一样，在这种情况下她能说得非常干脆。'好吧，就嫁给你。'她说。随后托付我说：'家里的情况很普通，说出嫁是说得好听了。请你娶了她吧。她没有父亲，是个可怜的孩子。'

"谈话简单明了地结束了，前后花了不到十五分钟吧。夫人没提出任何条件，也无须同亲戚商量，以后通知一声足够了，甚至明确说连小姐本人的意思也不必问。她这样一说，我这个做学问的，反倒觉得起码该走个过场。亲戚倒无所谓，总得跟小姐说明白，先征求她的同意才是办事的顺序。夫人说：'这放心。她本人要是不答应，我也不可能让她嫁给你。'

"我回到自己房间。事情进展得太过顺利了，反倒让我觉得有点不踏实。果真没问题了吗？这念头不知从哪儿冒出来潜入了大脑深处。但从总体上看，我未来的命运已然确定。想到这，我全身上下不由得焕然一新。

"中午我又去了茶室，问夫人打算什么时候把上午的事告诉小姐。夫人说，这事她既然已经答应了，什么时候说都行吧。她这么一说，我觉得她倒比我更像个男的。我没再说什么，正要回去，夫人叫住了我，说如果我希望尽早的话，今天也可以，等她从学校回来就跟她说。我说太好了，那就拜托了。我回到了自己的房间，默默地在自己的桌前坐下，想象着自己从远处倾听母女俩嘀嘀咕咕的情景，不知为何总觉得心里一阵忐忑不安。终于，我戴上帽子出了门。走到坡下时，迎面撞上了小姐。什么也不知道的小姐看见我似乎有点惊讶。我摘下帽子打招呼：'回来啦。'她却惊讶地问：'你病好啦？''嗯，好了好了。'我回答着，快步向水道桥方向拐了过去。"

四十六

"我从猿乐町走到神保町的那条街上，然后向小川町方向拐去。平日我来这一带就是为了去旧书店逛逛，这天却根本无心看一眼那些已被翻烂了的书。我边走边想着家里的事，刚才夫人的样子仍残留在我的脑海里，我又想象着小姐回到家后的情景。似乎就是这两个念头驱动着我不停地往前走，而且还时不时地在路中央完全不自觉地停下脚步，出神地想着这会儿大概夫人正和小姐说着这事吧。有时我又会想，这会儿应该已经说完了。

"我终于走过了万世桥，爬上明神坡，来到了本乡台。然后又走下菊坂，一直下到了小石川的坡底。这么说吧，我走的距离横跨了三个区，画出了一个椭圆形。在漫长的散步过程中，我几乎一点也没有想到过 K。现在回想起来，我也说不出自己究竟为什么会这样，只是觉得不可思议。我忘了 K，可以看成是我当时的心情太紧张了吧，但我的良知是决不能原谅这一点的。

"当我打开门从玄关走向客房，按惯例正要穿过他屋子的一瞬间，我对 K 的良知复活了。他和往常一样正在桌前读书，他和往常一样放下书抬头看我，但他没像往常那样说'才回来啊'，只是问我：'病怎样了，去看医生了吗？'那一瞬间我真想在他面前跪下来，向他谢罪。那一刻我所感受到的冲动，绝不是软弱。如果只有 K 和我两人站在旷野中，我想我一定会顺从良知的命令当场向他谢罪吧。可是隔壁有人，我自然地压下了跪下的冲动。更可悲的是它从此再也没有复活，永远地。

"晚饭时 K 和我又见面了。毫不知情的 K 只是很消沉，看向我的眼里却丝毫没有疑虑，不知真相的夫人看起来比平时要高兴。只有我是明了一切的，我吃着一坨铅似的晚饭。

那天小姐没像平常那样跟我们同桌吃饭。夫人催她，她只在隔壁回答说就来。K听着觉得有些奇怪，问夫人是怎么回事。夫人说恐怕是不好意思吧，说着看了我一眼。K更奇怪了，追问说有什么可不好意思的。夫人笑着又看向我。

"我刚在饭桌旁坐下时，就从夫人的脸上大致推测出了事情进展。夫人要是当着我的面，为了向K解释而把事情逐一说出来的话那就太难堪了。我提心吊胆，以夫人的性格说出这些是完全不在乎的。所幸K又回到了他原先的沉默状态。比平日多少更开心的夫人，也终于没有把话题延续到我担心的那个点上。我松了口气回到房间。可此后我该怎么面对K？我不考虑这事是不可能的。我在心里罗列了种种自我辩护的理由，但不管哪一条在K面前都是不充分的。如何向K解释自己的行为？懦弱的我最终还是对这念头感到了厌倦。"

四十七

"我就这样过了两三天。这两三天里，不用说我心里充满了对K的不安。要不设法做点什么，我就觉得对不起他。夫人对我的语气、小姐对我的神情，都像扎进肉里的刺一样刺激着我，让我更加难过。夫人的个性如男子一般，说不准什么时候就会在饭桌上把我这事在 K 的面前抖搂出来。而且从那天以后，小姐对我的举止变化也格外明显，这不能不说已在 K 阴云笼罩的内心里播下了猜忌的种子。就我的处境而言，我必须得要想个办法，把我和这家庭间形成的新关系让 K 知道。可我不得不承认，自己在这件事上存在着道义上的弱点，这对我来说实在是太棘手了。

"我没办法，想拜托夫人再去和 K 谈谈，当然必须是趁我不在家的时候。但如果把这事原原本本地告诉 K，那就只不过是直接和间接的区别，丢脸是一样的。可央求夫人就要编造出一套说辞，那夫人也必定会追问我这样做的理由。如果我把这一切都向夫人坦白，这一来我就得把自己的弱点，在我的爱人和她母亲面前心甘情愿地袒露出来。我是个仔细的人，认识到此事关乎我的未来信用。要是我在结婚前就失去了恋人的信任，哪怕是一分一厘，这都将是我难以忍受的不幸。

"总而言之，我本想走一条诚实的人生之路，结果却失足成了个蠢货，或者说成了一个险诈之徒。至于能看清这一点的，迄今只有苍天和我的心。可我想要站起来重新做人，再向前迈出一步的时候，就陷入了必须让自己失足的原委大白于天下的困境中。我做不到在把这件事瞒到底的同时，继续向前迈进。我被过去和未来裹挟于此，寸步难行。

"五六天过后，夫人突然问起我那件事同 K 说了吗，我说还没有。夫人追问我为什么不说，在夫人的追问面前我整个人都僵住了。那时夫人说的话让我震惊，以至于我至今仍记忆犹新。

"'我说呢，跟他说的时候他脸色就很怪。这事你也不像话呀，平时你俩关系那么好，怎么就装得没事人似的一句都不提？'

"我问夫人 K 当时说了什么没有，夫人说他也没说什么，我却忍不住进而询问起了当时的细节。夫人原本就没想隐瞒什么。她一面告诉我 K 没说什么要紧的话，一面把 K 的反应细细跟我说了。

"综合夫人的讲述，我推测当时 K 的震惊表现得极为沉着，他平静地迎接了最后的打击。对于我和小姐建立的新关系，他第一反应只是说了声：'是吗？'但当夫人说到'你也为他们祝福吧'，这时他才看着夫人露出微笑说：'恭喜了。'说完他似乎就起身离开了。在打开茶室的隔扇门前，他又回过头来问夫人：'什么时候结婚？'接着又说：'想送点什么作贺礼，可我没钱就没法送他们了。'记得当时我坐在夫人对面，听了这话我感觉到胸口被哽住了的痛苦。"

四十八

"夫人和 K 的谈话屈指算来已过去了两天多。这期间 K 对我的态度和过去没有任何不同，我丝毫没有感受到他对此有所介意。K 的这种超然态度就算只是表面文章，也完全值得我敬服。我心里把自己和他做了比较，他看起来要远远比我优秀。'无论是否以策取胜，为人却已全然失败'，诚哉斯言。这种感觉在我心里来回绞动。那时我想 K 一定是在蔑视我吧，我独自感到羞愧。但事到如今，要我到 K 的面前自取其辱，对于我的自尊心是一种巨大的伤害。

"那是星期六的晚上，我决心等到明天，无论怎样都必须对 K 有个交代。可就在那天晚上，K 自杀了。至今我一想起那场景仍感战栗。平时睡觉我总是枕头朝东，就是那晚我偶然把枕头放在西头躺下了，这其中也许隐含着某种因果吧。枕边吹来一股冷风让我忽地睁眼醒来。K 和我屋子间的隔扇门一向是关着的，这几个晚上却微微敞开着，我抬眼看去，但 K 黑乎乎的身影却没有像前些天那样站在那里。像接收到暗示的人那样，我在榻榻米上用肘撑起身，尽力向 K 的屋子里窥视。油灯幽暗地亮着，褥子也铺着，但被子却草率地和衣服堆在一起，K向着被子趴在那儿。

"我'喂'地叫了声，但没有任何回答。'喂，怎么啦？'我又叫了他一声。K的身子依然一动不动。我马上起身走到门槛前，昏暗灯光下我扫视了他的屋子。

"当时我的第一感觉，和K向我倾诉他恋情时几乎一样。在向他屋里一瞥之间，我的双眼就像玻璃假眼似的顿时失去了转动的能力。我惊悚地呆立着，随后像有一阵狂风穿透了我身体，我才想到：'啊，糟了！'一束无法捕捉、一去不复返的黑色之光，贯穿了我的未来，一瞬间以极强的亮度照亮了我的整个人生。我止不住地颤抖了起来。

"尽管如此我仍然没能忘记自己的处境，桌上放着的一封信即刻落到了我的眼中。不出所料信封上写着我的名字。我不顾一切打开信封，信中却丝毫没有提及我所预料的事。我生怕信上会对我罗列出怎样令人难堪的句子，要是被夫人和小姐看到，又将会遭到何等的蔑视。我只是粗略地扫了一眼，首先想到的是我得救了（当然这只是体面意义上的获救。'体面'在当时的情况下，对我来说是非常重大的事）。

"信的内容很简单，甚至写得很抽象。只说自己意志薄弱处事乏力，对前途感到无望因而自杀。后面又用极简的句子对我迄今的关照表达了谢意，身后事也托付我一并关照。还提到很对不住夫人，给她带来了麻烦，让我代他道歉；还托我通知老家——必须做的事他都三言两语写上了，唯独不见小姐的名字。我读到结尾处，当即意识到 K 在故意回避。最让我痛彻心扉的是，他像用余墨在结尾处加上了一句，大意是早就该死了，真不知为何活到了今天。

"我用颤抖的手把信叠好，重新装进信封。我故意把信按原样放在桌上，让大家都能看到它。然后我转过身来，这才看到了那飞溅在隔扇门上的血潮。"

四十九

"我突然用两只手抱住 K 的头，将他略微抬起了些，我想看一眼他死去的面容。可当我从下方窥探到他伏着的脸时，立即就松开了手。我寒毛倒竖，他的头异乎寻常地沉重。我低头凝视了会儿刚刚触摸到的他冰冷的耳朵，还有他和平日一样的浓密的短发。我没一点想要哭的感觉，只是感觉到了恐惧。这种恐惧，不仅仅是眼前的场景形成了感官刺激，不仅仅是它所引发的单纯恐惧。我还忽然间深刻感受到了，朋友冷却下来的身躯所暗示的可怕的命运。

"我稀里糊涂又回到了自己房间，在这间八帖大的屋子里走来走去，大脑命令我，即便毫无意义也暂时先这样走动着。我想着一定要做点什么，同时又觉得什么也做不成，只能在这房间里来来回回地走，就像一头关在栅栏里的熊。

"到后面去叫夫人，这念头时不时地冒出来。可让女人看到这恐怖的情景实在是太糟了，这样一想我又立即停下了脚步。且不说夫人，无论如何不能吓到了小姐，这强烈的意念控制住了我。我又开始来回转起了圈。

"其间，我点上了自己房间里的油灯，不时地看钟。那一刻，没什么比钟上的指针走得更慢的了。我虽然记不清起来的准确时间，但肯定是天快要亮了。我一边来回转圈，一边焦急地等着天亮。这漫漫长夜难道永远没个头吗？我被这念头折磨着。

"学校大多是八点上课，我们习惯在七点前起床，不然就得迟到了。女佣为此大概是六点起床。可那天我去叫女佣起来时还不到六点钟。夫人听到我的脚步声就醒了，提醒我说今天是周日。我说夫人要是醒了，就到我的房间里来一下。夫人在睡衣外披了件平时穿的外套，跟在我后面过来了。我一进房间就把刚才还敞开着的隔扇门立刻拉上，然后小声地告诉夫人出事了。夫人问我出了什么事。我用下巴向隔壁示意说：'别害怕。'夫人的脸色唰地白了。'夫人，K自杀了。'我又说道。夫人像瘫了似的看着我的脸一言不发。这时我突然在她面前跪了下来，低下了头：'对不起，是我不好。我对不起您，也对不起小姐。'在见到夫人前我根本没想过要说这些话，可当我看着夫人时竟不由自主地跪下来这样说。我想可能是我已然无法向 K 请罪了，只能向夫人和小姐深深致歉。我的灵魂自然而然地出了窍，抛下了往日的自己，恍恍惚惚中张开了忏悔之口。夫人并没有从这样深刻的意义上来理解我的话，这对我而言是一种幸运。她脸色苍白地安抚我说：'出了意外，不也是没办法的事吗？'然而她脸上镌刻着的惊慌和恐惧，紧紧攥住了她僵硬的肌肉。"

五十

"我虽然觉得对不起夫人，但还是起身打开了刚关上的隔扇门。K 屋内灯盏里的油已然燃尽，房间里看起来一团漆黑。我回身拿起自己的油灯，站在门口回头看夫人。夫人像是隐蔽在我身后，朝四帖大小的屋里窥望，但她并没有要进去的意思。她吩咐我打开窗户，此处要保持原样别动。

"此后夫人的表现真不愧为军人的遗孀，处处深得要领。我去找医生、找警察，全都是遵从夫人的指令行事。这些手续办完前，夫人不准任何人进入 K 的房间。

"K是用很小的刀割断了颈动脉，一口气就死了，此外没有任何伤痕。这时我才知道，当时昏暗灯光下我做梦似的在隔扇门上看到的血潮，是从他颈腔中一下子就喷射了出来的。在白天的光线下，我再次凝视这片清晰的血迹。人体内鲜血的势头竟然如此凶猛，令我震惊。

"夫人和我想方设法下足了功夫，将K的房间清扫了一遍。所幸被褥吸收了他流出的大部分血，榻榻米上没有弄脏多少，收拾起来还不算太费劲。夫人和我把他的尸体抬进了我房间，让他像平日睡觉一样横躺着。然后我就出门给他家里拍电报了。

"回来时K的床头已点上线香。一进房间，佛教气息的浓厚烟雾就扑面而来，我认出了烟雾中坐着的母女俩。昨夜到现在我还是第一次看到小姐，她在哭，夫人也红着眼。出事后忘了流泪的我这时终于感受到了悲伤。我不知道这点悲伤能给我多少宽慰，可正是这一刻的悲伤，在我被痛苦和恐惧猛然攥紧的心上垂下了一滴甘露。

"我在她俩身边默默坐下。夫人让我也上炷香，我上了香后又默默地坐下。小姐什么也没对我说，只是偶尔和夫人交谈一两句，都是些眼下要办的事。小姐这会儿还没有谈论K生前往事的闲情，尽管如此，我心里仍然觉得，没让她看到昨夜的恐怖场面真是太好了。年轻美丽的女性要是看到了这样吓人的东西，我担心她好不容易形成的美会就此崩坏。这种担忧渗透到了我的头发里，我无法放下这个念头去做点什么。对我来说，这种感觉就像美丽之花遭受到了无妄的鞭笞，让我极不舒服。

"K 的父兄从家乡赶到后，关于 K 遗体的下葬之处我谈了自己的意见。他生前常常和我一起在杂司谷周边散步，K 非常喜欢那儿。我记得还跟他开过玩笑：'要是你这么喜欢，你死了就把你埋这儿吧。'如今按那时的约定把 K 葬在杂司谷，我想这多少也算是一件功德吧。但我的真实想法是只要我还活着，我想每个月都来 K 的墓前跪下重新忏悔。也许是我一直在照料着他们完全不管的 K 吧，看在这情分上，K 的父亲和哥哥接受了我的建议。"

五十一

"在 K 的葬礼结束后回来的路上，一个朋友问我 K 为什么自杀。出事以来，我已不知多少次为这问题感到痛苦。夫人和小姐、来自家乡的 K 的父兄，接到通知的所有人，甚至和他毫无关系的报社记者，没有不问我同样问题的。每次我的良心都会感到阵阵刺痛。而且这质问背后似乎都潜藏着同

一个声音：'赶紧承认了吧，就是你杀死他的！'

　　"我对谁的回答都一样，只是把 K 留给我的遗书重复一遍，此外一句也不多说。从葬礼回来的路上，这朋友提出了同样的问题，获得了同样的答案。他从怀里摸出一张报纸给我看，我边走边看着他指点的地方。报上说 K 因为其父兄断绝了和他的关系感到厌世，从而产生了自杀的念头。我什么也没说，把报纸叠好又塞还他手里。朋友还告诉我，也有报纸上说 K 是因为疯了才自杀的。因为太忙，根本没时间读报，这些说法我根本都不知道，可我的心里对此却一直惦记着。我最担心的是报上登出一些给夫人一家带来困扰的消息，要是牵扯出了小姐的名字就太麻烦了。我问朋友报上还登了些什么，他说他看到的也就这两种说法。

　　"那之后不久，我们就搬家到了现在住的这地方。夫人和小姐对以前住的那座宅子感到厌恶，我也因为每晚要重复面对记忆中的场面而痛苦。商量之后我们就决定搬家。

　　"搬家后过了两个月左右，我大学顺利毕业。毕业后不到半年，我终于和小姐结了婚。从外表看一切都按预计的方向发展，不能不说值得庆贺。夫人和小姐看上去都很幸福，我也很幸福。但我的幸福却拖着一条黑影，我想这幸福最终或许是将我带往悲惨命运的导火索吧。

　　"结婚时小姐——已不是小姐了，应称为妻子——不知想起了什么，对我说我们去给 K 扫扫墓吧。我不由自主地吓了

一跳，问她怎么忽然想起了这件事。妻子说我俩一起去给他扫墓，K 想必会高兴的吧。我目不转睛地凝视着妻子一无所知的脸。直到她问我怎么这表情，我才回过神来。

"如妻所愿，我俩一起去了杂司谷。我在 K 的新墓碑上为他洒水洗尘，妻在墓前供上了线香和花。我俩低下头来，双手合十。妻子一定是在默默讲述着同我结婚的前前后后，希望这能让 K 高兴吧。而我只能在心里反复向 K 请罪。

"妻子抚摸着 K 的墓碑反复端详，夸赞说做得真是不错。那墓碑并没那么好，只不过是我亲自去石料铺挑选的而已，有此缘故妻子才故意这么说的吧。新坟、新妻，以及 K 埋在地面下新鲜的白骨，相形之下，我没法不感受到命运的嘲讽。我下了决心，从那以后绝不再同妻子一起来为 K 扫墓了。"

五十二

"对亡友的这种感觉始终持续，这正是我从一开始就为之恐惧的。甚至这些年来所期待的婚姻，结婚仪式也只能说是在惶恐不安中举办。而所谓人生，无非是自己无法预料自己的未来。我期待着结婚或许能使我心情为之一变，从而成为进入新生活的门槛。可终于成为丈夫和妻子朝夕相处后，我这虚幻的企盼在严峻的现实面前碎了一地。我在和妻子共处时，会感受到 K 突如其来的威胁。似乎妻子是一条不可切割的纽带，无论身在何处都能把我和 K 联结在一起。我对妻子没任何不满，但因为这点我总想和她保持距离。作为女性，她马上就察觉到了，但她却不知其所以然。妻子常常质问我：'你老在想些什么呢？有什么事不称你的心吗？'有时我笑着就混了过去，有时她会发脾气向我抱怨'你这是不喜欢我了吧''你一定有什么事在瞒着我'，每次我都深感痛楚。

"不知多少次我毅然下决心，想要向妻子把事情原原本本讲清楚。可一到关键时刻，就有一股自身之外的力量出其不意地控制住我的念头。你是理解我的，原本没有解释的必要，但这是问题的要点，我必须写在这里。那时我在妻子面前完全没有自我掩饰的想法。如果我怀着面对亡友时同样的善良之心，在妻子面前将忏悔一吐为快的话，我相信她一定会流下欢喜的泪水原谅我的过错。我没敢这么做，并非出于对自身利害关系的算计。我不忍心在妻子的记忆里留下黑暗的印记，这才没有向她如实说出事情的真相。让我忍受纯洁之物上的哪怕一小滴污点，对我来说都是巨大的痛苦。请这样理解我的想法吧。

"一年过去，我仍然忘不了 K，心里常常感到不安。为了驱散这种不安，我竭力让自己沉溺于阅读，并以猛烈的势头开始了学习。我期待着自己能有成功的一天。但凭空为自己设定一个目标、凭空期待着自己能达到这目标，这种自我欺骗是令人郁闷的。我无论怎么做都无法让自己在书本中沉下心来，只能又抱着胳膊远眺着这世界。

"在我的观察中，妻子并不为眼下生计所困扰，所以心情很放松。她娘家只有母女俩，靠着已有的家产，就算光坐着也怎样都能过得下去，以我的条件，即使不找工作也并无所谓，她心情放松也理所当然。我自己也有几分自我放纵的意思吧。但我不工作的主要原因并非全在于此，一定也因为我曾遭受过叔父的欺骗，对他人之不可信赖有切肤之感。对人应从恶的角度去理解，我确信如此。我也曾有过世人皆浊我独清、出淤泥而不染的信念，但因为 K，我的这一信念已崩坏殆尽。当意识到我自己和叔父无非是同一种人时，我顿时变得恍惚起来。厌恶他人的我，陷入了难以自拔的自我厌恶。"

五十三

"我没能把自己活埋在书本里，有段日子我又把自己的灵魂泡在了酒里，尝试着忘掉自我。我不能算是个爱酒的人，但却是那种越喝越能喝的体质，我使尽全力想要靠量把自己灌倒。这种浅薄的权宜之计很快就把我弄得更厌世了。烂醉之际我忽然明白了自己的处境，我只不过是个自我欺骗的蠢货。这一想，我的眼和心就在战栗中醒了过来。有时我不管怎么喝，连这种伴醉状态也无法进入就潦草地昏睡了过去。用酒精换来的短暂欢愉，最终必然走向它抑郁的反面。在我最心爱的妻子和她母亲面前，我这种状态自然无法隐藏，她们对此也会形成她们自己的理解。

"妻子的母亲似乎常常跟她说些让人尴尬的事，这些妻子都瞒着我。但妻子和我单独相处时，她觉得不说我几句就过意不去似的。说是责备，口气却并不强硬，遭到妻子责备我就动怒的例子几乎没有。妻子时不时劝我：'有什么不称心的你就说出来，为你自己的将来这酒就戒了吧。'有时她还流着泪说：'这些日子你整个人都变了。'要是只说这些倒也还好，可她又说：'K要是活着，你就不会变成这副样子吧。'我回答说：'也许是吧。'然而，我回答的含义和妻子理解的意思截然不同。我心悲伤，却仍然不想对她做任何解释。

"我常常向妻子认错，这大多是发生在沉醉晚归的次日早上。妻子有时笑笑，有时沉默，也有时滴答滴答地掉着泪。无论她是哪种反应，我都觉得郁闷之极，我向妻子认错就像对着自己认错一样。我终于戒了酒。与其说这是听从了妻子的忠告，不如说是我自己感到了厌倦。

"虽然戒了酒，却仍然什么事也不想做，没辙我只好继续读书。可读着读着就把书随手扔在了那儿。妻子时不时问我为啥又念书了，我只能苦笑以对。在我内心深处，想到连这世上最爱我的这个人都无法理解我，我就不由得悲从中来。有能使她理解的办法，却又没有让她理解的勇气，这就更令我为之沮丧。我感到寂寞，常常觉得在这处处隔绝的世界上，只有我一个人住着。

"同时，我反复思索K的死因。我的头脑在当时完全被'情爱'二字所支配，所以我对此事的认知也就是简单且线性的。我很快就下了判断，K无疑是死于失恋。可当我的心情渐渐平复，再观察同一现象时，却发现答案也许并非如此轻易就能得出。现实与理想的冲突——这样的解释仍不充分。后来我猜测，K也许和我一样是独自一人承受着难以忍受的孤独，走投无路间突然采取了自裁的方式来解决问题。这样一想，我再次战栗了起来。在K走过的道路上，我正和K一样跋涉前行，这种预感常常像风一样掠过我的胸口。"

五十四

"不久后妻子的母亲病了。请了医生来看，诊断说终究无法痊愈了。我尽心竭力地照顾她，这不仅是为了病人，也是为了我的爱妻。从更广泛的意义上说，我这样做终归还是为了人。之前我一直忍不住想要做点什么，可什么也不会做，不得不袖手旁观。同这世界切断了关联的我，这时第一次意识到应主动地伸出手去多少做一点好事，一种可称之为赎罪的念头支配了我。

"妻子的母亲死了，家里只剩下了我和妻子两个人。妻子对我说，以后世上能依赖的只剩下一个人了。连自己都无法信任自己的我，看着妻子的脸出乎意料地涌出了泪水。我心想妻子真是个不幸的女人啊，'不幸的女人'这句话竟然脱口而出。妻子问我：'为什么？'妻子不理解我的意思，我也无法向她解释。妻子哭了。她怨恨我平日里就用乖戾的眼光盯着她看，所以才会对她说出这种话。

"妻子的母亲死后，我尽己所能对妻子温存。这绝不仅是对她本人的爱。在我的温情中，似乎存在着脱离单独个体的更为广阔的背景。怀着和看护妻子母亲时同样的念头，我的心为之跃动。妻子则表现出了满足。但这种满足中，带着一层因对我无法理解而产生的淡淡的疑云。在妻子理解我的这件事上，我并不在意它多一点或少一点。相较于以人道为出发点的爱情，作为女性更喜欢那种多少能偏离道义的、仅仅集中于她自身的温情，这种需求我觉得她们比男性要来得更强烈。

"妻子有次问我，男人和女人的心难道就不能严丝合缝地贴在一起吗？我含含糊糊地回答说，只有年轻的时候才可能吧。妻子好像出神地回顾了自己年轻的时候，最终发出了一声轻微的叹息。

"从那时起我心中常常闪过一道可怕的阴影。最初它是偶然地从外面向我袭来，我震惊，我战栗。可不久之后，我的内心竟然和这道猛烈可怖的阴影产生了呼应。最终我想到这道阴影并非来自外部世界，而是潜伏在我心中，是与生俱来的。每当我进入这种心境，我就怀疑自己的脑子是不是出了什么毛病。但我并不想请医生或者其他什么人来帮我诊断。

"我深感人是有罪的。正是这种感觉让我每月去为 K 扫墓，让我精心照料妻子的母亲，并且命令自己给妻子以温情。有时因为这种感觉，我甚至想让路上的陌生人鞭打我。在渐渐度过这阶段的过程中，我想到与其让人鞭打，还不如自己鞭打自己更好些；而自己鞭打自己，还不如自己杀死自己更好些。我束手无策，只能决心把自己当作一个死人活下去。

"我下这决心迄今已经有几年了吧，我和妻子同原来一样和睦地生活着。我和我的妻子绝非不幸，而是幸福的。但是有一点，这让我无法轻松下来的一个小点，在妻子眼里常常呈现为一团化不开的黑暗。想到这里，我就觉得非常对不起她。"

五十五

"我这颗怀着已死而生的心，时常受到外界的刺激而跃动。可每当我决心向某个方向突围时，一股不知来历的可怕力量就会出现，一把攥住我的心让我丝毫无法动弹。这股力量摁住我似乎在说：'你是个没资格做任何事的人。'它这样一句话就让我迅速枯萎了下去。每当我喘息片刻想要重新振作时，它又紧紧攥住了我。'为何揪着我不放！'我不禁咬牙怒喝。神秘力量冷笑着答道：'又何必明知故问呢？'我重又委顿了下去。

"想想吧，在我持续无波澜、无曲折的单调生活的表层下，内心里常常爆发这样痛苦的战争。在妻子看见它、感到焦虑之前，我自己心中早已不知积淀了多少倍的焦虑。当我在这座监狱中感到再也待不下去的时候，当我在其中感到不管做什么都不可能有所突破的时候，那么最后留给我的最省心的解决办法唯有自杀一途。你也许会瞪眼质问：'为什么？'那股总是攥住我的心不放的神秘可怕的力量，封闭了我所有的活动空间，唯独向我敞开了死亡的自由通道。如果毫不动弹地活着另当别论，只要稍许还能行动，那么不走这条路我并无其他道路可走。

"我迄今已有两三次在命运的指引下想要走向极乐，但每次心里都牵挂着妻子。我当然没有带着妻子同行的勇气。我连向妻子坦白真相都做不到，何况将妻子作为自己命运的牺牲品，夺走她的生命？这样残忍粗暴的行径，想想就令人不寒而栗。正如我有我的宿命，妻子也有妻子的命运。将两人捆绑送进烈焰焚烧，即便从非理性的角度看，我也认为那是凄惨的极致。

"想象我死之后妻子的状况，我就觉得她太可怜了。她母亲死的时候，妻子曾对我说，以后世上能依赖的只剩下我一个人了。她这感慨仿佛渗入了我的肺腑让我记忆犹新。我总是犹豫不决。看着她的脸有时我也会想到，中止了实施真是太好了。之后我又蜷缩成了一团一动不动，妻子则向我投来了不满的目光。

"请记住，我就是这样活下来的。最初在镰仓和你相遇时，我们一起在郊外散步时，我的心情都没什么太大变化。我的身后总是拖着一条阴影。我只是为了妻子，才拖曳着自己的命在这世界上行走。你毕业了回家乡时，情况也是如此。和你相约在九月相见，并非胡扯，是真的想见你。秋天过去，冬天会来，即便等到这冬天过去，也一定要与你相见。

"后来，在盛夏的炎热中，明治天皇驾崩了。当时我觉得明治的精神自天皇始，也将随天皇终。受明治精神影响最深的吾辈，在那之后就算幸存下来也必将落后于时代吧。这种感觉强烈地敲打着我的心。我直接对妻子说出了我的感受，妻子笑着没有回应。她又似乎想起了什么，突然嘲弄地对我说：'那你去殉死不就好了吗？'"

五十六

"我几乎忘了'殉死'这个词。这是个日常无须使用的词，它沉没在记忆深处，看上去已经烂掉了。听了妻子的玩笑我才想起它。我对妻子说，我如果殉死的话，那殉的也是明治的精神。当然我的回答不过只是个玩笑。可那时我却感觉到这个陈腐多余的词，似乎已生出了一种新的含意。

"那之后过了一个月左右，就在大丧之礼的夜晚，我和平常一样坐在书房里，远处传来报丧的号炮声。对我来说那就像在宣告明治时代永远的终结。后来我才知道，那是乃木大将辞世的通报。我拿着号外，情不自禁地对妻子说：'殉死，殉死了。'

"我在报纸上读了乃木大将死前写下的遗书。'自西南战争被敌军夺去军旗以降，为此歉疚，一直想着死了吧，死了吧，然而终于活到了今天。'读到这段文字时，我下意识地屈指计算乃木先生从决心去死一直到今天过了多少年。西南战争是在明治十年，到明治四十五年，其间相隔了三十五年。在这三十五年中，乃木先生一直想着要死要死，也一直在等待着死的机会。对他来说，是这样生活三十五年痛苦，还是把刀刺入腹中的一刹那更痛苦呢？我思索着。

"那之后又过了两三天，我终于下了自杀的决心。正如我不大清楚乃木先生自杀的原因，也许你也无法确切地理解我自杀的理由。如果真是这样，那就是时代变迁导致的人的差异，这是没办法的。或者说是个人与生俱来的性格不同要更确切些吧。我在尽我所能向你解释这难以理解的我，在以上的叙述中，我已把自己的一切都告诉了你。

"我要留下妻子走了。我死后在衣食住方面她并无后顾之忧，这一点在我是幸福的。我不愿意给她留下残酷的惊怖，打算不让她见到我的血迹，在她不知不觉间我将悄然离开这世界。我死后，我想让妻子觉得我是猝死的，觉得我疯了也行。

"我决心去死，到今天已有十多天了，请记住这其中的大部分时间是用于为你写下这篇长长的自传。起初我想同你见面谈，但写下后一看，反倒觉得这样似乎能更清晰地勾画出我自己，心情很愉快。我并非醉心于写作。作为人类经验的一部分，我过去的这一生，除了我自己谁也不可能讲述出来。我努力将此毫无虚饰地写下。在对人的认知方面，这对你、对其他人，我想这也并非徒劳。不久前我听说了一个传闻：渡边华山为了画一幅叫《邯郸》的画，把死期顺延了一星期。在外人看来，可以认为这是多余的。但就他本人而言，他心里自有他相应的诉求，也可以说这是他必须完成的。我的努力并不仅仅是为了践行对你的承诺，大多还是因为我自己的内在需求使然。

"现在我已满足了这需求，没什么事情要做了。这封信落到你手里时，我恐怕已不在这世上，早就死了吧。妻子在十天前去市谷的姊姊家了。姊姊病了，缺少照料的人手，我劝她过去。妻子不在家的日子里，我写下了这封长信的大部分。她时不时回来，她回来时我就得马上把这封信藏起来。

"我想把我的过去连同其善恶一起，供人参考。但是请答应我，唯有我妻子一人是例外。我什么都不想让她知道。因为我的唯一希望，就是想让她对我过去的回忆，尽量纯洁地保存下来。即使在我死后，只要妻子还活着，那就请你把这当作是只对你一人打开的秘密，把这一切全都埋藏在你心里吧。"

夏目漱石年表

年表绘图：杨启一

1867 年（庆应三年） 诞生

2 月 9 日，出生于江户牛込马场下横
町（即今东京都新宿区喜久井町），本
名夏目金之助。

1868 年（庆应四年 / 明治元年） 1 岁

11 月，成为盐原昌之助的养子。

1872 年（明治五年） 5 岁

在户籍册上登记为盐原家的长子。

❧ 夏目漱石诞生纪念碑

1873 年（明治六年） 6 岁

随养父移居浅草诹访町四号。

1874 年（明治七年） 7 岁

12 月，入读户田学校初级小学。

1876 年（明治九年） 9 岁

转入市谷柳町公立市谷学校。

❀ 东京都台东区立藏前小学校，原为浅
草寿町公立户田学校

❀ 漱石山房纪念馆，原为夏目漱
石生前最后的居住地

1877 年（明治十年） 10 岁

12 月，市谷学校初级小学毕业。

1878 年（明治十一年） 11 岁

1 月，大姐佐和去世。

2 月，《正成论》在《回览杂志》上发表。

春季，转入神田猿乐町公立锦华学校。

1879 年（明治十二年） 12 岁

3 月，入读东京府第一中学。

1881 年（明治十四年） 14 岁

1 月，母亲千枝去世。

4 月，转入曲町私立二松学舍，学习汉学。

1882 年（明治十五年） 15 岁

春季，从二松学舍退学。

热爱汉籍和小说，立志专攻文学。

1883 年（明治十六年） 16 岁

秋季，入读成立学舍。

1884 年（明治十七年） 17 岁

住在小石川极乐水新福寺，过着自炊生活。

9 月，进入东京大学预备学校。入学不久患盲肠炎。

🐾 夏目漱石所写汉诗

❧ 驹场农学校风景版画。驹场农学校原为东京第一高等中学，现为东京大学农学部

1886 年（明治十九年） 19 岁

4 月，东京大学预备学校改称东京第一高等中学。

7 月，因患病不能参加学年考试而留级。自此发奋，直至毕业成绩一直名列前茅。

9 月，兼任江东义塾教师，住在义塾宿舍。

❧ 东京第一高等中学主楼

1888 年（明治二十一年） 21 岁

1 月，恢复夏目姓。

7 月，从东京第一高等中学预科毕业。

9 月，升入东京第一高等中学本科英文专业。

1889 年（明治二十二年） 22 岁

1 月，结识著名俳句诗人正冈子规。

5 月，为正冈子规《七草集》撰写评论，并注明"漱石妄批"。

9 月，写纪行汉诗文集《木屑录》，署名"漱石顽夫"。

❧ 夏目漱石评注《七草集》，现存于日本东北大学附属图书馆漱石文库

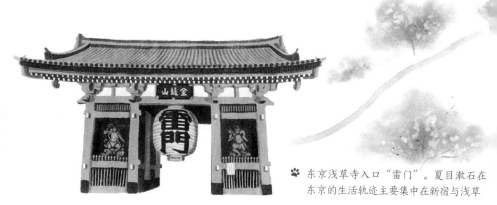

❧ 东京浅草寺入口"雷门"。夏目漱石在东京的生活轨迹主要集中在新宿与浅草

1890 年（明治二十三年） 23 岁

7 月，从东京第一高等中学本科毕业。

9 月，升入帝国大学文学院英文专业。

1891 年（明治二十四年） 24 岁

7 月，因成绩优异，成为英文专业特等生，免交学费。

12 月，将鸭长明的《方丈记》译成英文。

1892 年（明治二十五年） 25 岁

4 月，因征兵关系，移籍于北海道后志国岩内郡。

5 月，担任东京专门学校讲师。

夏天，游京都、冈山、松山等地，结识高滨虚子。

❧ 京都清水寺舞台

1893 年（明治二十六年） 26 岁

1 月，在文学谈话会上发表《英国诗人对天地山川之观念》的演讲。

7 月，从帝国大学文学院英文专业毕业，入该校大学院。

10 月，担任东京高等师范学校英语教师。

1894 年（明治二十七年） 27 岁

2 月，被诊断为初期肺结核，学习弓术。

12 月，前往镰仓归源院参禅。

❧ 镰仓江之岛海岸

1895 年（明治二十八年） 28 岁

4 月，辞去东京高等师范学校职务，决定到松山中学任教。

秋天，受子规影响，热衷于写俳句，逐渐为俳坛所知。

12 月，回东京与贵族院书记长官中根重一长女镜子相亲、订婚。

1896 年（明治二十九年） 29 岁

4 月，离开松山中学，前往熊本，担任第五高等学校教师。

6 月 9 日，和中根镜子结婚。

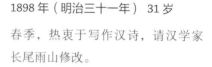
🐾 夏目漱石，松山中学毕业仪式纪念照，摄于 1896 年

1897 年（明治三十年） 30 岁

6 月 29 日，父亲直克去世。

7 月，偕镜子回东京参加父亲葬礼。因舟车劳顿，镜子流产，前往镰仓别墅休养。

1898 年（明治三十一年） 31 岁

春季，热衷于写作汉诗，请汉学家长尾雨山修改。

夏季，教学生寺田寅彦等人作俳句。

秋天，镜子再次怀孕，妊娠反应极强，一度严重到投河自杀。

夏目漱石开始出现神经衰弱的症状。

🐾 夏目镜子，原名中根镜子，1896 年与夏目漱石结婚

1899 年（明治三十二年） 32 岁

5 月，长女笔子诞生。

英国伦敦大学学院主楼

1900 年（明治三十三年） 33 岁

5 月，被文部省选派为英国留学生。

9 月 8 日，乘船从横滨出发。

10 月 28 日，抵达伦敦。

11 月，到伦敦大学学院听讲。

年底至次年 1 月，陆续停止课程。

1901 年（明治三十四年） 34 岁

1 月，次女恒子诞生。

5 月，受化学家池田菊苗的鼓励，决心写《文学论》。

久居公寓，潜心研究，忍受留学费用不足和神经衰弱等痛苦。

1902 年（明治三十五年） 35 岁

12 月 5 日，从伦敦乘船启程回国。出发前得到子规去世的讣告。

1903 年（明治三十六年） 36 岁

1 月 23 日，抵达神户，次日坐火车回到东京。

4 月，任第一高等学校讲师、东京帝国大学英文专业讲师。

9 月，在大学开讲"文学论"。

10 月，三女荣子诞生。学画水彩画。

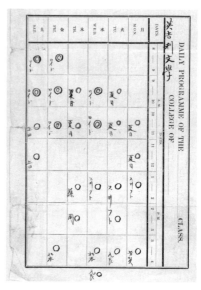

🐾 夏目漱石于东京帝国大学教授"英国文学"期间的课程表，现存于日本东北大学附属图书馆漱石文库

1904 年（明治三十七年） 37 岁

4 月，兼任明治大学讲师。

11 月，写《我是猫》第一章。

🐾 日本俳句杂志《子规》第 100 期封面

1905 年（明治三十八年） 38 岁

1 月，《我是猫》开始在《子规》上连载。

4 月，发表《幻影之盾》。

9 月，在大学开始讲授"十八世纪英国文学"。

10 月，《我是猫》上部出版。

12 月，四女爱子诞生。

这一年，小宫丰隆、寺田寅彦等文学青年陆续来访请教。

🐾 《我是猫》下部初版封面，
　桥口五叶绘制

1907 年（明治四十年） 40 岁

1 月，发表《疾风》。

2 月，与朝日新闻社交涉入社事宜。

3 月，决定辞去大学讲师职务，加入朝
日新闻社，从此成为专业作家。

5 月，《文学论》出版。发表《入社辞》。

6 月，长子纯一诞生。《我是猫》下部
出版。

6 月 23 日，《虞美人草》开始连载。

1906 年（明治三十九年） 39 岁

4 月，发表《少爷》。

8 月，《我是猫》完稿。

9 月，发表《草枕》。岳父中根重一去世。

10 月，"星期四会"开始举行，文学青年
齐聚。

11 月，《我是猫》中部出版。

🐾 夏目漱石故居，位于东京都文京区，
　曾为森鸥外旧居

1908 年（明治四十一年） 41 岁

1 月,《虞美人草》出版。

7 月 25 日,《十夜梦》开始连载。

9 月 1 日,《三四郎》开始连载。《草枕》出版。

12 月,次子伸六诞生。

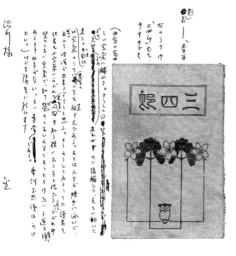

🐾 《三四郎》部分手稿及首版封面,
　　桥口五叶绘制

1909 年（明治四十二年） 42 岁

3 月,《文学评论》出版。

5 月,《三四郎》出版。

6 月 27 日,《从此以后》开始连载。

9 月, 应中村是公之请到中国东北和朝鲜各地旅行。

11 月 25 日, 创设《朝日文艺栏》。

1910 年（明治四十三年） 43 岁

3 月 1 日，《门》开始连载。

3 月 2 日，五女雏子诞生。

8 月 6 日，前往修善寺温泉疗养，当夜病情恶化。

10 月 11 日，从修善寺回到东京，住院。

10 月 29 日，《联想种种》开始连载。

1911 年（明治四十四年） 44 岁

1 月，《门》出版。

2 月，拒绝接受文部省授予的博士称号。

8 月 11 日，参加大阪朝日新闻社主办的讲演旅行，前往和歌山、大阪等地。

10 月，决定停办《朝日文艺栏》。

11 月 29 日，五女雏子夭折。

❀🐾漱石山房书斋。夏目漱石存书数目巨大，因此在书案后的榻榻米上放置了堆积如山的图书

1912 年（明治四十五年 / 大正元年） 45 岁

1 月 1 日，《春分之后》开始连载。

9 月，《春分之后》出版。

12 月 6 日，《行人》开始连载。

1914 年（大正三年） 47 岁

1 月，《行人》出版。

4 月 20 日，《心》开始连载。

9 月，《心》出版。

11 月 25 日，在学习院辅仁会作《我的个人主义》的演讲。

🐾 日本"猫文化"盛行，多地专门设有"猫冢"供人凭吊，漱石纪念公园内亦设有猫冢

❀ 芥川龙之介，日本知名文学家

1915 年（大正四年） 48 岁

1 月 13 日，《玻璃门内》开始连载。

3 月下旬，到京都旅行。在当地胃溃疡复发，镜子从东京赶去护理。

4 月 16 日，回到东京。《玻璃门内》出版。

6 月 3 日，《道草》开始连载。

10 月，《道草》出版。

冬季，芥川龙之介、久米正雄等陆续拜访，参加"星期四会"。

1916 年（大正五年） 49 岁

4 月，经医生诊断患糖尿病，此后连续治疗三个月。

5 月 26 日，《明暗》开始连载。

11 月 16 日，举行"星期四会"（最后一次）。

11 月 22 日，胃溃疡复发，卧床不起。

12 月 2 日，在医生要求之下谢绝会客。

12 月 9 日，下午 6 时 45 分去世。

12 月 12 日，葬礼在东京青山斋场举行。

12 月 14 日，《明暗》遗稿发表完毕。

12 月 28 日，葬于东京杂司谷墓场。

❀《明暗》初版扉页

译后记

日式青春手绘

一

夏目漱石本名为夏目金之助，笔名漱石。1867 年 2 月 9 日出生于江户的牛込马场下横町（现为东京都新宿区的喜久井町），水瓶座。夏目漱石的父亲叫小兵卫直克，是个小吏，生了八个孩子。夏目漱石最小，自幼被送给一个叫盐原昌之助的做养子。户口本上，夏目漱石被登记为盐原家的长子。在他 7 岁时，养父盐原昌之助出轨寡妇日根里胜，导致养父母反目，夏目漱石随养母搬回自己亲生父母家住，后来一度与养母单独生活。养父母离婚后，夏目漱石又与养父和日根里胜及其女儿阿莲住到了一起。夏目漱石的亲生父亲和几个哥哥都与他关系平平，并对他的文学志向有鄙夷之意，而亲生母亲在他 14 岁那年便因病去世。直到 21 岁，夏目漱石才回归原籍，恢复了夏目的姓氏。这段复杂的人物关系，对夏目漱石内心成长显然有重大影响，在他日后的作品中也多有反映。

纵观夏目漱石一生，虽然夏目漱石出生于一个极为动荡的年代，日本整个社会正处于革故鼎新的关键时期，但他本人的人生履历却总体波澜不兴。自东京帝国大学（现东京大学）文学院英文科毕业，当过高中和大学的讲师，33岁时被选为公派留学生赴伦敦，35岁回国。除此之外，就是勤奋地写作。夏目漱石体弱多病，曾饱受腹膜炎、胃溃疡、肺结核和神经衰弱的困扰，还有许多小毛病，也一度曾有过发疯的传闻。49岁死于糖尿病、胃溃疡和腹腔大出血。死后他的大脑和胃捐给了东京帝大医学部，他的大脑迄今仍保存在东京大学。

夏目漱石在日本现代文学史上享有尊崇地位，被誉为"国民作家"，著作颇丰。年轻时热衷于俳句、汉诗和汉学，14岁开始学习中国古籍，曾立志以汉文出道。后结交俳句大家正冈子规为友，并以汉诗体创作游记《木屑录》，在俳坛上小有名气。夏目漱石为正冈子规《七草集》评论时落款"漱石妄批"，后《木屑录》出版，署名"漱石顽夫"，首次正式以"漱石"为笔名。"漱石"本是子规雅号之一，后转给夏目使用。"漱石"二字出自《世说新语·排调》："孙子荆少年时欲隐，语王武子'当枕石漱流'，误曰'漱石枕流'。王曰：'流可枕，石可漱乎？'孙曰：'所以枕流，欲洗其耳；所以漱石，欲砺其齿。'"后来夏目漱石另有机缘，目光投向西方，并立志于小说创作。1899 年 4 月，他于《子规》杂志发表《英国文人与新闻杂志》，8 月发表《评小说》，由此声名鹊起。这年夏目漱石 32 岁。1905 年，夏目漱石发表小说处女作《我是猫》，备受好评，应读者要求一再连载。夏目漱石深受鼓舞，因而凝聚了创作动力。这年夏目漱石 38 岁。此后 10 年成为他创作的高峰期，接连创作了《三四郎》《从此以后》《门》《春分之后》《行人》和《心》等一系列作品，有所谓"爱情三部曲"和"后爱情三部曲"之说。其写作风格对个人心理的描写精确细腻，开后世私小说的风气之先。门下出过不少名家，另一小说大家芥川龙之介也出自他门下。夏目漱石在日本文学史上是一位开创性人物，1984 年他的头像被印在了面值 1000 的日元钞票上（2004 年改为医学家野口英世），整整 20 年间，夏目漱石占据了日本全体国民的日常生活。

二

《心》发表于 1914 年 4 月，是所谓"后爱情三部曲"的收官之作，也是作者后期代表作之一。夏目漱石长期受胃溃疡折磨，1910 年在伊豆半岛疗养期间，病情急转直下引起胃痉挛，呕血不止，陷入不省人事的"死亡30分钟"。这次经历使他一改游戏式的创作风格，开始从正面探求人生，剖析明治时代知识分子孤独的内心世界。有关资料载，"《心》是日本著名作家夏目漱石的作品，至今仍跻身于日本中学生最喜欢读的十部作品之列。它是一部利己主义者的忏悔录，深刻揭露了利己之心与道义之心的冲突"，其中所言"日本中学生最喜欢读的十部作品"待考。但不管怎样，《心》的确可以看成是日本百年前的一部青春小说。

这部小说在叙事结构上，分为上、中、下三个相对独立又彼此关联的故事。

小说上篇题目为《先生和我》，其中的"我"可视同小说男主，二十来岁。故事从大二写起，写到男主毕业结束。"我"是从偏远乡下到东京读书的学生，家庭条件属于衣食无忧，但旅游还差点钱的这种。男主向往都市生活的繁华，对乡下的沉闷陈旧充满厌倦。男主在旅游景点偶然遇上了一个叫"先生"的人，两人结为挚友，男主非常想从先生那儿汲取精神力量和人生智慧。交往过程中，"我"发现先生是个游手好闲之辈，成天什么事都不做，只是各种思考，显得十分神秘，总是欲言又止。整个小说的上篇渐渐埋下"钱很重要"和"爱情是罪恶的"两处伏笔，也渐渐将叙事聚焦到了"先生"其人，这是重点。

小说中篇题目是《父母和我》，这一段是旁枝逸出。小说男主毕业回了老家，主观上男主似乎想在东京找份工作，但还没找到，一般的也看不上，人生规划不甚清晰。此时他父亲重病濒死，一套家长里短。在这里作者的笔触相当细腻，写出了城市快速发展和乡下人物情感难以兼容的社会风俗，有如展开了一幅日本明治时代的手绘风俗画卷，读起来轻松畅快。夏目漱石笔下不经意流露出的"人味儿"，也让译者觉得盛名之下，确无虚士。然后，在男主的父亲即将死去的最后几个时辰，男主终于收到了先生的一封长信，这封信里讲的是先生自己的故事。写完这封信，先生就自杀了。男主大惊之下，抛下濒死的父亲，跳上了重返东京的列车。读到此处，译者不禁掩卷长思。夏目漱石为何要在小说中部，夹上一段和"先生"并无关联的乡土叙事呢？就一部小说的结构而言，此中篇的存在无疑增加了小说的纵深和空间感，但再深入一想，夏目漱石先生或许另有深意存焉。

小说下篇题目是《先生和遗书》，完整揭秘了先生的故事，叙事长度也几乎是上、中篇之和。下篇通过一封遗书的形式，展开了《心》这部小说的叙事重点。先生是个真正的富二代，少年时父母俱丧，被托付给了叔父照管，他一心求学，便把家业全权委托给叔父打理。叔父却将他的家产有计划地转移到自己名下，还想把女儿也嫁给他，以达到合理合法完全占有其家产的目的。先生识破奸谋，家庭决裂，亲情无存，但终于挽回了部分财产损失。先生携巨款只身来到东京，租了民宿住下，结识并爱上了房东女儿，同时也赢得了房东太太的好感。但先生却因叔父欺诈在先，对他人存有深刻戒心，迟迟不能表白自己的爱慕之意。其间，他又为帮助陷入困境的好朋友、好兄弟K，将K也请到民宿里一起居住。结果K也爱上了房东的女儿，并向先生坦白了自己的心迹。这让先生措手不及，认为这是K为了堵住他的口而先手摊牌的伎俩。说起来，这些都是老套路。但作者的力量也就在这里。先生和K亲如兄弟，彼此都屡遭背叛，将对方视同自己唯一信任的人，结果他们迎头撞上了爱情。

先生对K开始了猜忌、试探并布下陷阱，他批评K"不求上进"，折磨得信奉真宗教、人生必须"精进"的K痛不欲生。然后先生利用K的性格弱点，寻隙而进，悄悄向房东太太提出要和小姐结婚，捷足先登，抱得美人归。知道了真相后，K在绝望中自杀，同时也给先生留下了一生的精神枷锁。不安和自责始终追随着先生，让他的幸福生活永远笼罩在自私和背叛的阴影下。先生始终不敢将K自杀的真相告诉妻子，生活得无望而又孤独。在邂逅了本书男主"我"之后，先生终于有机会将自己的这段经历一吐为快，自杀向兄弟谢罪，从此解脱了。

三

凡事皆缘。译者不是日本文学专家，也不是专职翻译，过去也没有读过《心》。翻译这本书，是一个非常偶然的机缘。边译边读，我慢慢喜欢上了这本书。同人与人的交往一样，人和书也讲缘分。如果不是因为翻译，和《心》的这段缘分很可能失之交臂。就青春小说这一点而言，《心》的青春气息，就译者目力所及，和美国作家塞林格笔下的青春大异其趣，和当代日本作家村上春树笔下的青春也是迥然相异的。《心》这部小说不但很日本，而且很"明治"，作者写得认真又严肃，当代读者读起来也许会有一点复古感。

据说，夏目漱石先生的创作理念是"自我本位"，不太看重以写实为目的的"自然主义文学"，以其"自我本位"的自由主义思想为出发点，追求"善、美、庄严"的创作目标。译者不才，总觉得小说阅读不必如此铺张。爱情和友情、金钱和背叛、城市和乡村、善与恶，夏目漱石先生的写作是对这些词的认知、追问和表达，带着二十世纪初的质朴气息。像个头次坐了高铁后站在火车站前的山村少年，心中怀着批判和不平，面对灯红酒绿又有点惘然无措，脸蛋红扑扑的。这部小说中的"先生""我"和"K"，已成为三个鲜明的文学人物形象。译罢搁笔，觉得确实应该为他们大书一笔。也许随着年龄增长，译者对所谓"青春"写作也有点不以为意了吧，反而觉得这本平实的书读着更为舒服熨帖。

　　夏目漱石先生的文字直接、简朴、干净，笔下的世界清晰有序，保留了二十世纪叙事的肃然风范。同时这些文字又非常细腻。这种细致和对细节的关注，相当具有日本风格。但我又觉得，这种笔触与其说是日本情调，不如说是一个作家的共情能力。一些细致之处的转折和深入，体现了夏目漱石先生对人性幽微的洞察。依稀记得五木宽之曾在一篇随笔中提到，他对夏目漱石先生的文字必须脱帽致敬。译者笔拙，难以体现夏目漱石先生的风采原貌，这点只能见谅了。同时，译者也深信，好的文学作品必有可能超越字面语言的表达，一本书实际上是一个作者灵魂重量的呈现。世界上虽然没有这种度量衡，但其重量仍然是可掂量的。如果你看到这里，又和夏目漱石先生有缘，读完它也许你会认同它是一本好书。如果你对日本文化的发展变迁还抱有好奇，那就更好，我觉得《心》这本书的气质，更接近于当代日本文化的底蕴。

2020 年 8 月

北京

译者 | 金海曙

　　知名编剧、作家、译者。1982 年毕业于厦门大学哲学系，1995 年获大阪外国语大学东亚文化硕士学位。2022 年第 27 届亚洲电视大奖最佳编剧奖得主。

　　著有中短篇小说集《深度焦虑》、长篇历史小说《赵氏孤儿》等。2003 年，话剧剧作《赵氏孤儿》由北京人艺于首都剧场演出；2015 年，话剧剧作《武则天》由天津人艺于人民大会堂演出；2016 年，36 集电视剧作《父亲的身份》由央视一套播出。改编创作的电视剧《风起陇西》获 2022 年第 27 届亚洲电视大奖最佳编剧奖；该剧先后在日本、韩国、越南、菲律宾、俄罗斯等国播出。

　　译著有川端康成创作回忆录《独影自命》及小说《浅草红团》、茅野裕城子短篇小说《蝙蝠》及小林丰绘本《北纬 36 度线》等。

　　2021 年翻译出版的夏目漱石长篇小说《心》入选"作家榜经典名著"，迄今已畅销 10 万册，读者好评如潮；2024 年全新译作《我是猫》上市后再创销量奇观，4 月 22 日登陆王芳直播间首发当天热卖 14000 多册；2024 年 4 月荣获当当新书热卖榜世界名著第一名。

作家榜®经典名著

★ ★ ★ ★ ★ ★ ★ ★ ★

读 经 典 名 著 ， 认 准 作 家 榜

　　作家榜是中国知名文化品牌，母公司大星文化总部位于中国上海市。自 2006 年创立至今，作家榜始终致力于"推广全球经典，促进全民阅读"，曾连续 13 年发布作家富豪榜系列榜单，源源不断将不同领域的写作者推向公众视野，引发海内外媒体对华语文学的空前关注。

　　旗下图书品牌"作家榜经典名著"，精选经典中的经典，由优秀诗人、作家、学者参与翻译，世界各地艺术家、插画师参与插图创作，策划发行了数百部有口皆碑、畅销全网的中外名著，成功助力无数中国家庭爱上阅读。如今，"集齐作家榜经典名著"已成为越来越多阅读爱好者的共同心愿。

　　作家榜除了让经典名著图书在新一代读者中流行起来，2023 年还推出了备受青睐的"作家榜文创"系列产品，通过持续创新让经典名著 IP 融入到人们的日常生活中。

名著就读作家榜
京东官方旗舰店

名著就读作家榜
天猫官方旗舰店

名著就读作家榜
当当官方旗舰店

名著就读作家榜
拼多多旗舰店

策　划 ｜ 作家榜®
出　品 ｜

出 品 人 ｜ 吴怀尧
产品经理 ｜ 谌　毓　孙天雨
美术编辑 ｜ 李柳燕
封面绘图 ｜ 宋伊凡
封面制作 ｜ 王　媛　赵梦婷
内文插图 ｜ 古诗铭
特约印制 ｜ 吴怀舜

版权所有 ｜ 大星文化
官方电话 ｜ 021-60839180

名著就读作家榜　　作家榜官方微博　　下载好芳法课堂
抖音扫码关注我　　经典好书免费送　　跟着王芳学知识

图书在版编目（CIP）数据

心 /（日）夏目漱石著；金海曙译. -- 杭州：浙
江文艺出版社，2024. 11. --（作家榜经典名著）.
ISBN 978-7-5339-7750-4

Ⅰ . I313.45

中国国家版本馆CIP数据核字第2024ER7121号

责任编辑：於国娟

心

[日] 夏目漱石 著　　金海曙 译

全案策划

大星（上海）文化传媒有限公司

出版发行

浙江文艺出版社

杭州市环城北路177号　邮编 310003

浙江省新华书店集团有限公司 经销

浙江新华数码印务有限公司 印刷

2024年11月第1版　2024年11月第1次印刷

889毫米×1194毫米　32开本　9.5印张　8插页

印数：1-8000　字数：191千字

书号：ISBN 978-7-5339-7750-4

定价:49.90元